Future Fiction

a cura di

Francesco Verso

iMate

di Francesco Verso e Francesco Mantovani

Con un saggio di Maurizio Balistreri

Pubblicato da Associazione Future Fiction
Via Valentiniano 40 – 00145 Roma
C.F. 97962020588

iMate pubblicato la prima volta su Future Fiction, febbraio 2016.
iMate published for the first time on Future Fiction, February 2016.

Titolo *iMate*
© 2020 Associazione Future Fiction, Roma
I edizione maggio 2020
info@futurefiction.org

iMate

di Francesco Verso e Francesco Mantovani

Vivere

Il tappeto mobile che porta all'uscita dell'aeroporto di Capodichino è pieno di gente e allora Janna decide di camminare. Gruppi di turisti svagati, con al seguito branchi di valigie zampettanti e borsoni giroscopici, circondano uomini d'affari indaffarati e personale di terra chiamato di qua e di là. Dalle pareti animate del corridoio spuntano ologrammi di cantanti neomelodici armati di chitarre, e *rapsters* in pose da duri che fanno aumentare la densità di presenze per metro cubo oltre la soglia del fastidio.

Mentre Janna cammina, le fanno male i muscoli della schiena: i postumi dell'incidente si fanno ancora sentire, a distanza di anni, e allora i naniti rilasciano nel suo flusso sanguigno dei blandi antiinfiammatori che la faranno star meglio nel giro di pochi minuti.

Tra le schiere di bandierine gialle e verdi del Consorzio Mediterraneo, Janna attraversa lo scanner poco prima dell'uscita dell'aeroporto; il suo keylog si connette in automatico al database della Polizia e l'apparecchio emette un verde rassicurante.

Fuori, la puzza d'asfalto appena versato nelle buche della strada da una squadra di manutentori si mischia al profumo di mozzarella che gli ambulanti vendono direttamente dai portapacchi delle loro mountain-bike. I droni di ricognizione dell'aeroporto ogni tanto li mettono in fuga, ma quelli fanno trecento metri, svoltano un angolo, si appostano per controllare l'orario del prossimo sorvolo e ripartono alla carica decantando la freschezza dei loro prodotti caseari.

Durante l'attesa di fianco alla corsia illuminata dei taxi, Janna riceve il primo messaggio di Eskin: [La Hopkins di Baltimora ha postato un annuncio di lavoro, si tratta di un contratto quinquennale. Guardalo per favore.]

Così su due piedi avrebbe voglia di rispondergli: *Sei atterrata, amore mio? Il volo è andato bene?* Invece si limita a un più diretto: [*A volte sai essere così insensibile!*]

[Sei solo nervosa per il colloquio e fai bene, sai quanto ci servono i soldi. Se non trovi un lavoro, siamo nei guai.]

Il comando RISPONDI resta sospeso nell'angolo sinistro della sua visuale fino a quando Janna lo seleziona premendo l'indice contro il pollice della mano destra: [*Lo so già. Tu stai meglio?*]

[Non tanto. Il ciclo di cura non funziona. Ho preso appuntamento per un consulto domani mattina. Oggi c'è Arianna a casa.]

[Bene, almeno non sarai da solo. Io aspetto il taxi. Ti chiamo dopo.]

Scala due posizioni in fila e le arriva un altro messaggio.

Arianna: [Ciao bionda, sai che ti voglio bene? Oggi ci penso io a mio fratello, ho portato il violino e lo tengo buono. Tu vedi di mettercela tutta e non ti scordare di assaggiare la pizza. Quando avrai finito, voglio sapere com'è la vera pizza napoletana!]

Janna s'immagina la scena: Arianna che suona il suo strumento neurattivo per alleviare le sofferenze di Eskin e lui che si sforza di rilassarsi focalizzando su qualcosa di pacifico e armonioso, il *Preludio della Suite nr. 1 di Bach* per esempio, oppure allegro e melodico come *La danza macabra* di Saint Saens. Sempre più spesso, durante gli ultimi mesi, la musica classica riesce ad arrivare dove le medicine falliscono.

Una brusca frenata la risveglia dalla visione. Janna nota una BMW bianca parcheggiata in seconda fila: dall'auto è appena uscito un ragazzo che avrà a malapena l'età per la patente. Ad ampi gesti la invita a salire a bordo. Secondo il keylog ci sono trentadue persone in attesa alla stazione dei taxi: davvero troppe. Janna verifica sull'app della Polizia l'affidabilità del veicolo e l'identità dell'autista; è stato mandato dalla Lifetech. Appena accetta la corsa, gli sguardi infastiditi dei passeggeri in attesa si incollano sulla sua schiena.

Prima di entrare nell'auto, Janna solleva lo sguardo per cercare qualcosa all'orizzonte.

"Dov'è il Vesuvio?"

"Là no signorì, chille sta da quell'altra parte." Le indica la direzione opposta, "Dietro ai grattacieli di San Giorgio a Cremano."

Tutta la visuale è sbarrata da una muraglia di costruzioni enormi, alte centinaia di piani. Quando l'autista parte, Janna si rassegna alla monotonia dei palazzi, non troppo diversi da quelli di Stoccolma.

Entrando nell'edificio, il keylog la informa che [*LifeTech richiede l'accesso ai dati personali*]. Janna unisce pollice e indice e accetta la connessione. Alla reception, il keylog le indica l'hostess incaricata di accoglierla mediante un buffo cappello viola lampeggiante in testa.

"Buongiorno, Janna. Benvenuta alla LifeTech. Il suo ospite, David Medina Fernandez, verrà a prenderla tra poco. Nel frattempo, può accomodarsi di là."

Il cappello si spegne e Janna prosegue verso destra, guidata da una scia di puntini luminosi che si dissolvono non appena li oltrepassa.

Nella sala d'attesa, una parete di cristallo incornicia una vista del Golfo di Napoli. Janna l'ha ammirato altre volte in video o sulla Rete; dal vivo sarebbe stato più affascinante, invece questa versione è stata ritoccata per apparire meteorologicamente perfetta.

Sulla parete opposta scorrono le pubblicità della LifeTech: una famiglia in pigiama mostra i denti sbiancati da nano-setole integrate negli spazzolini, un quarantenne fa jogging su una spiaggia tropicale con il suo *personal trainer* proiettato accanto e infine lei stessa, catturata dalle telecamere della sala, sorseggia un caffè nella pubblicità di una macchina per espresso. Janna si guarda intorno e ne approfitta per controllarsi il vestito.

Essere qui di persona la rende nervosa: l'olopresenza è la norma sia nei colloqui che, in genere, nei rapporti di lavoro. Dovunque si usano avatar e ologrammi per partecipare a riunioni, a qualsiasi ora del giorno e della notte, senza muoversi da casa. Janna preferisce un ologramma perché considera gli avatar giochetti da adolescenti; inoltre, presentarsi a un colloquio nelle vesti di un avatar potrebbe essere considerato sintomo d'insicurezza. Almeno così suggerisce l'EmpApp, il programma di supporto empatico. Tuttavia, alle aziende come la LifeTech piace fare colpo: pagarle il volo da Stoccolma è stato un modo neppure troppo elegante di sottolineare: "*noi vogliamo te.*"

Il keylog manda lampi di rosso [Devi per forza dare la colpa del tuo nervosismo a qualcuno?].

La verità è che, dall'incidente, Janna non ha viaggiato molto. Anzi, da allora, è la prima volta che esce dalla Svezia. Il keylog segnala che le sue biometrie sono sballate, fuori parametro, e suggerisce il rilascio di un blando calmante. Janna dissente e preme il dito medio contro il pollice.

L'incidente è solo un ricordo; il coma anche. Ora sta bene: ricorda, cammina, legge e parla correttamente. Anche le statistiche la rassicurano che un altro incidente ferroviario non le accadrà mai più in vita sua. Poi, quando sulla *paretorama* compare il motto della LifeTech "*Lunga vita e prosperità*", Janna sviene. Il mondo di dati fluttuanti si spegne e lei si affloscia sul divano.

Quando si risveglia, un uomo elegante le sta sorridendo. Il keylog si ricollega e lo riconosce: David Medina Fernandez, quarantasette anni, sposato e senza figli, ha un gatto e tifa per il Barcellona, lavora alla LifeTech da tre anni, la moglie è carina, più giovane di lui. *Cacciatore di teste*, recita il suo profilo.

"Come stai, Janna?"

Lei si rimette seduta e poi si alza in piedi.

"Mi dispiace, non so cosa mi sia successo."

"*No pasa nada*, sarà stata l'aria condizionata o un'allergia al polline locale. Oppure eri solo stanca per il viaggio."

I due si ritrovano faccia a faccia e David, d'istinto, fa un passo indietro mentre lei gli porge una mano, che resta sospesa a mezz'aria. Dopo un attimo, lei la ritrae, imbarazzata.

"Immagino che si tratti di un gesto ancora in uso nell'ambiente accademico. Nel business non si fa più: ti adatterai."

In effetti sarebbe sciocco, anzi inutile, far stringere la mano a due ologrammi, una formalità divenuta quasi obsoleta anche quando ci si incontra di persona.

"Vieni, andiamo di sopra."

Janna segue David dentro un ascensore ovale le cui pareti sono ricoperte d'inchiostro elettronico e così, durante la salita, ha modo di godersi il panorama delle Alpi e un'animazione del *Kebnekaise,* in Svezia, dove ha trascorso una parte delle sue vacanze estive.

Non parlano. È probabile che David stia vedendo i trailer dei suoi film preferiti oppure un video di famiglia: i keylog si collegano alle *paretorama* per restituire all'utente gli scenari preferiti con o senza interruzioni pubblicitarie a seconda della gratuità o meno dell'applicazione. Eskin è convinto che molti uomini d'affari si divertano con il porno in queste occasioni. Poiché David è chiaramente spagnolo, il pregiudizio sarebbe confermato.

Eskin è una brava persona ma, non uscendo più di casa per via della malattia, i suoi pregiudizi non fanno che peggiorare. Un tempo, quando se ne andava in giro per l'Europa a organizzare concerti e a montare palchi era più aperto e disponibile, mentre ora è costretto a offrire i suoi servizi di noleggio on-line, pagando tecnici a contratto per i lavori manuali; gli affari ne hanno risentito, e anche lui. Eskin soffre della Corea di Huntington e forse è la consapevolezza del suo destino a renderlo cinico e disincantato. Purtroppo Janna non ricorda molto di quando era giovane e spensierato: gran parte di quelle memorie sono andate perdute durante il coma successivo all'incidente.

Purtroppo la meschinità di Eskin sta degenerando in fretta: la settimana scorsa le ha chiesto di usare un avatar molto provocante per un colloquio con un'azienda hi-tech francese. Hanno avuto una discussione così pesante che sarebbe voluta scappare di casa. Certo, trovare lavoro è importante: le cure di Eskin costano cifre esorbitanti, ma nessun responsabile del personale con un briciolo d'intelligenza distribuita tra il keylog e altri gadget di potenziamento mentale assumerebbe un'esperta di condizionamento e interfacce artificiali solo perché si presenta fasciata di latex bianco. In ogni caso, non riesce a credere che David, lì di fianco a lei, si stia dilettando con pose oscene e grovigli di cosce, seni e bocche.

Fuori dall'ascensore, Janna si trova davanti un open–space pieno di scrivanie che dà su una terrazza senza pareti né soffitto, semi vuota. La terrazza sporge dalla struttura dell'edificio come un ramoscello da un albero. Ce ne sono altre sopra e sotto, che però sono affollate di gente al lavoro; la LifeTech si vanta di offrire ai propri dipendenti una "co-location" invece del vecchio telelavoro. David nota che Janna sta ammirando il corpo centrale dell'edificio e il suo tetto di cristallo.

"La LifeTech vuole lasciare un segno e questo palazzo è il nostro biglietto da visita. Da fuori può sembrare presuntuoso ma chiarisce bene chi siamo e cosa facciamo, *Lunga vita e prosperità,* il nostro motto. Il marketing aziendale è sempre retorico, spero non ti dispiaccia. Ma dimmi, conosci i nostri prodotti?"

"Certo. L'iMate è molto famoso."

"Voi ne avete uno?"

"Beh, no. Altrimenti non sarei qui."

David annuisce e Janna immagina che il colloquio sia appena cominciato.

"All'inizio si chiamavano A.T.M. Molti non lo sanno e il riferimento non si trova nemmeno in rete. L'acronimo sta per *Automa de Trabajo Manual,*" e David pronuncia la frase con un accento che il keylog identifica come catalano. "Venivano creati in Spagna e non trovarono niente di meglio che chiamarli come un bancomat. Divertente, no? Un A.T.M. che fornisce soldi senza bisogno di lavorare."

"Sì, anche se è strano, un iMate non ha nulla dell'*automa.*"

"Giusto, ma per vendere i primi iMate era necessario semplificare il concetto ed evitare di spaventare i clienti. Un essere senziente in carne e ossa, anche se interamente stampato in 3D, era molto più complicato da far accettare rispetto a un androide."

"Hai ragione, la vecchia questione della zona perturbante. Noi ancora non ne abbiamo uno, però..." Janna ha un'esitazione, "...un giorno sì."

"Te lo auguro e *me* lo auguro! Vogliamo venderne molti."

"No, intendo dire che ne avremmo davvero bisogno."

David si fa serio, il suo sguardo è assente: è probabile che stia scorrendo la biografia di Janna in cerca di dati significativi. "So dei problemi di Eskin. Ci sono sviluppi?"

"Ultimamente non sta bene, per questo sono molto motivata a ottenere il lavoro, così potremo permetterci un iMate e io potrò stargli più vicino."

In Svezia, un iMate costa il doppio di una casa e lo stipendio di Janna all'università, anche se discreto, non basta a coprire nemmeno l'anticipo.

"Hai ragione, l'iMate ha cambiato la vita a tanti malati come Eskin e anche a quelli che vogliono trascorrere il loro tempo in altre attività."

"Non ho idea se ce ne siano molti, in Svezia."

"*Porsupuesto*, il costo ne limita la domanda. Inoltre, preferiamo che queste informazioni non siano pubbliche... tu lo sai, da esperta di protocolli."

"Certo, gli iMate non sanno di essere biobot e questo fa parte del condizionamento sviluppato dalla LifeTech, così gli iMate possono essere gestiti senza programmazione."

"In realtà, per noi il protocollo è una forma di programmazione; in pratica usiamo leve di pressione psicologica invece che codici alfanumerici. La nostra metodologia ci ha reso leader di mercato e stando alle normative attuali i nostri concorrenti sono obbligati a far verificare i loro biobot dai nostri tecnici."

"Un bel vantaggio," dice Janna.

"Io direi un motivo di fiducia per gli utenti, sia in termini di qualità del prodotto che di sicurezza."

"In Svezia, perfino insultare qualcuno dandogli dell'iMate è contro la legge."

"Questo non lo sapevo."

"Non è una denuncia formale attivata dal keylog, ma si può prendere comunque una bella multa."

"Mi pare sensato. È orribile instillare in qualcuno il dubbio di non essere naturale."

David le strizza l'occhio e Janna non capisce se quella vuole essere una battuta considerando l'azienda per cui lavora.

A ben vedere, lo stesso David – benché assurdo – potrebbe essere un iMate.

"Veniamo a noi, Janna."

Secondo l'EmpApp, David è ansioso di cambiare argomento.

"Innanzi tutto vorrei ringraziarti per essere venuta fino a Napoli. Il colloquio è un momento importante per conoscerti e per farci conoscere: l'analisi dei tuoi risultati accademici e professionali ci ha già permesso di stabilire le tue probabilità di successo alla LifeTech."

Come dire che sanno tutto di lei: dalla fedina penale alle relazioni sociali, dai viaggi e gli spostamenti, fino alle preferenze di acquisto. Anche la sua cartella sanitaria è finita nel tritadati dell'algoritmo predittivo di *JobFit*, che ha rilasciato alla LifeTech soltanto l'analisi finale, un quadro preciso dei punti di forza e delle competenze del candidato arricchito da un ventaglio di scenari sull'adattamento al nuovo ambiente di lavoro. Il tutto senza che nessun essere umano abbia parlato con nessun altro.

"Mi fa piacere."

"In realtà ci sono alcuni dettagli che vorrei approfondire," dice David scorrendo qualcosa tra gli appunti digitali. "Ecco, per esempio... Perché hai lasciato l'università di scienze della salute di Heidelberg per tornare a studiare biomeccanica in Svezia?"

Esiste già una documentazione pubblica a riguardo. *Devono conoscere il motivo, ma forse non si fidano*, pensa Janna confortata dall'EmpApp.

"È stato a causa di uno stage estivo in una start-up di Heidelberg dove ho scoperto le interfacce ispirate alle forme di vita biologiche."

E il sorriso adorabile di Gerd e la sua passione... per il lavoro. Ma questo non è riportato nei registri.

"Nessun altro motivo?"

"Uno stipendio migliore? Comunque, il primo anno di medicina è stato molto utile per la mia carriera."

"Sì, era solo una curiosità. Conosci il professor Jorg Hallistair?"

Janna aggrotta la fronte: di tutte le persone con cui ha lavorato, il professor Hallistair è davvero un tipo strano da tirare fuori in un colloquio di lavoro.

"Sì, era un amico dei miei genitori, a volte cenava insieme a noi."

"Lui ha avuto qualche ruolo nella tua decisione?"

Janna è perplessa: perché il burbero Hallistair avrebbe dovuto influenzarla?

"Sinceramente non abbiamo mai parlato dei suoi studi di biorobotica; non ne andava così fiero."

"Ma era comunque un buon amico di famiglia, di tua madre, intendo."

Il keylog freme. Janna riceve l'analisi dell'EmpApp. "Relazione adultera tra Hallistair e tua madre Greta. Implicazioni psicologiche: potrebbe suggerire all'intervistatore una debolezza, la necessità di accettazione da parte del partner materno. Possibile fallimento dell'indice di Leadership: narcisismo e insicurezza."

"Mi spiace David, il vostro analista comportamentale ha commesso un errore. A volte può capitare di eccedere nel dare importanza a fatti secondari. Sono 'false eco' e io me ne intendo. In realtà ho cambiato università perché il fondatore della start-up era un tipo attraente e io ho sempre anteposto le relazioni personali alla carriera. I rapporti extraconiugali di mia madre non m'interessano. Se vuoi, posso dirti cosa ne penso, ma finisce lì."

David scoppia a ridere. Il keylog di Janna manda lampi di verde: per EmpApp la risposta ha fugato ogni dubbio sulla sua tenuta psicologica e il punteggio in Leadership è aumentato.

"*Vale*! Solo un'altra domanda: come ti vedi tra dieci anni?"

"Non saprei, non sono molto brava in percorsi di carriera."

"D'accordo, ma in generale: dove ti vedi? So che non hai viaggiato molto dopo... l'incidente."

Janna s'irrigidisce e cambia posizione sulla sedia. Se non fosse per l'EmApp, si morderebbe le unghie.

"È stata una scelta di opportunità: ero molto presa dal lavoro all'università e non restava tempo per la vita personale e poi, nelle condizioni di Eskin, viaggiare sarebbe stato difficile, oltre che ingiusto e... scortese."

David annuisce, ma Janna sospetta che l'incidente possa influire sul colloquio in modo negativo.

"*Porsupuesto*. Quindi, nessun problema a trasferirsi."

"Il lavoro implica il trasferimento permanente?"

"Sì, la LifeTech sostiene la politica di co-location. Anche se alcune mansioni possono essere svolte da remoto, la posizione disponibile è qui, a Napoli."

Janna ammutolisce. L'applicazione medica sul keylog elabora in sottofondo, ma lei sa quali saranno le predizioni che le fornirà.

"È un problema?"

"A Napoli la mia aspettativa di vita scenderebbe fino a novantasette anni."

"Certo," David non sembra sorpreso, "gli standard svedesi sono molto elevati."

"Inquinamento, qualità delle acque e i livelli di assistenza pubblica." Il keylog riassume gli elementi cruciali. "Sarebbe una decisione difficile."

"In questo caso, posso proporti il Programma Benessere?"

Mentre David parla, il keylog riceve la richiesta di scaricare una brochure.

"Abbiamo un portafoglio di servizi molto ampio per compensare il problema."

Nel documento sono indicati i benefit aziendali: la copertura medica è quasi totale e include terapie all'avanguardia, consulti specialistici e alimenti superiori; un vero lusso, perfino per la Svezia, dove Janna ed Eskin possono permettersi il livello standard.

"Certo, così è diverso," ammette lei alla vista del numero '109' che lampeggia in un angolo della lente.

"Eppure non sembri convinta."

"Si tratta di Eskin."

"La copertura è estesa al partner."

"Lo so, però..."

"Janna, entro cinque anni avreste l'anticipo per un iMate. Il contratto è blindato: anche se dovessimo cambiare idea, l'assicurazione ti corrisponderà una cifra pari al trentacinque per cento del prezzo di un iMate."

"Ecco, forse dovrei spiegarmi meglio: io voglio avere dei figli."

"Figli?"

"Sì, le terapie hanno compromesso la fertilità di Eskin, però abbiamo un deposito in una banca del seme e abbastanza soldi da poterci permettere una selezione genica per evitare di trasmettere la malattia ai nostri figli."

"Ah, ecco perché Napoli non va bene."

"Le restrizioni legali sono pesanti qui." In realtà Janna vorrebbe dire folli: nel Consorzio Mediterraneo l'inseminazione è vietata, così come tutti i metodi di concepimento non naturali. Ma, soprattutto, la selezione genica è perseguita perfino dopo il concepimento.

"La LifeTech gode di molti vantaggi dall'essere ubicata qui, proprio per il tasso di fertilità della regione molto basso. Vogliono attrarre lavoratori e lo sgravio fiscale a fronte della politica di co-location è enorme. Non possiamo fare eccezioni."

"È un peccato," Janna sospira mentre l'EmpApp lampeggia avvertendola che la reazione può sembrare arrogante. "Ovviamente parlo per me."

David non sta ascoltando, ma Janna è sicura che la risposta è arrivata al keylog del suo intervistatore.

"Posso essere diretto, Janna?" Il tono di David è neutro. EmpApp è fisso sul rosso. "Vuoi davvero avere dei figli?"

Janna si sposta sulla sedia e il keylog accende in automatico l'applicazione M.I.Right per registrare il dialogo. "Sì, è un problema per l'azienda?"

"Oh, non mi fraintendere, il tuo desiderio di maternità non ci riguarda; però, se rappresenta un ostacolo a venire a Napoli, sono dispiaciuto per la LifeTech: noi avremmo veramente bisogno di te. Il progetto di sviluppo dell'interfaccia iMate è il più avanzato al mondo, cerchiamo profili di talento come il tuo e potresti lavorare con i migliori esperti nel campo."

"Ti ringrazio, ma non so cosa dire."

"Crescere un iMate non è semplice. Molti credono che si tratti di un programma espandibile e replicabile all'infinito e che, una volta raggiunta la maturità, il perfezionamento sia concluso. Però tu sai che le cose non stanno così: completare lo sviluppo e la formazione di un biobot in un tempo così rapido, e assicurarsi che sia all'altezza degli standard umani è un processo di una complessità enorme. Il protocollo della LifeTech è la punta di diamante di studi decennali sul condizionamento degli esseri senzienti, sia biologici che artificiali."

"Infatti, sono rimasta sorpresa dalla vostra chiamata." L'EmpApp lampeggia in maniera disperata. "Voglio dire... non pensavo di essere all'altezza."

David prosegue, ignorando l'affermazione.

"Penso che tu stia perdendo un'occasione. E anche Eskin. Per questo ti ho chiesto che cosa desiderassi davvero."

"Ogni donna è libera di esprimere il proprio desiderio di maternità," dice Janna citando alla lettera il suggerimento proveniente da M.I.Right, "senza che ciò rappresenti un impedimento all'accesso a un posto di lavoro o a un'istruzione superiore."

"Concordo, il Circolo per la Parità del sindacato locale possiede tutti i nostri dati sulle politiche di diversità in azienda. Ti assicuro che siamo molto aperti nei confronti di donne e genitori."

David è tranquillo, né sta recitando la parte. Janna riceve i certificati delle principali associazioni sindacali, inclusi due enti per la parità di trattamento. In allegato ci sono anche i dati a cui David ha fatto riferimento.

"Ti dirò di più, alla LifeTech sosteniamo queste scelte in maniera proattiva. Però la domanda resta, Janna: sei sicura di volere dei figli?"

"Continui a chiederlo, ma la domanda è assurda."

"Allora mettiamola così: ne hai parlato con Eskin?"

Janna tace. L'EmpApp indica valori biometrici alterati dalla rabbia. Janna ricorda tante aspre discussioni avute con lui sull'argomento: quella è l'unica vera cosa che non funziona nel loro rapporto e lei non ha mai capito come faccia Eskin a essere così insensibile a riguardo.

M.I.RIght sta proponendo a Janna alcuni consigli che però lei ignora battendo il dito medio sul pollice. Alla fine, riceve la chiamata di una consulente on-line.

[Ciao Janna, sono Rita, del Women Rights Europe. Ho rivisto la conversazione e sono pronta a intervenire sul caso. Accetti la mia difesa?]

Janna unisce pollice e indice.

"Scusa David, ma quale sarebbe il punto?"

"L'offerta di lavoro non è legata alla tua risposta, però io non l'ho ancora sentita. Quindi te lo ripeto: sei così sicura di volere dei figli?"

"Perché lo vuoi sapere?"

"Perché sappiamo che Eskin non vuole avere bambini e perché sappiamo che lui non vuole neppure che tu ne abbia. Siamo al corrente delle vostre discussioni... Non solo hai espresso il desiderio di avere dei figli, ma hai lasciato intendere che preferiresti perdere un'occasione di lavoro importante in nome della maternità. E c'è di più, saresti addirittura disposta a rischiare di non poter comprare un iMate e quindi a compromettere il futuro di Eskin. Capisci il punto adesso?"

Sul keylog compaiono tre messaggi: l'EmpApp ha analizzato le parole di David e ha trovato una spiegazione: *"L'intervistatore ha rilevato un punto debole nel processo decisionale, con possibile carenza di Leadership e logica razionale."* L'applicazione JobFit consiglia di lasciare il colloquio per evitare che il trascendere della conversazione influisca in modo negativo sul profilo professionale di entrambi. Poi c'è il messaggio di Rita che la incalza: [*La violazione della privacy è palese, puoi andartene quando vuoi: chiederemo una condanna per danni morali; venticinquemila eurodollari è il minimo in questi casi.*]

Janna accetta la proposta premendo l'indice sul pollice.

"David, ti chiedo scusa." Janna prende la borsa e si alza. "Posso trovare la strada da sola."

"Non è possibile. Devo accompagnarti io all'uscita, è la procedura."

Mentre camminano in silenzio verso gli ascensori, Janna riceve la risposta di Rita: [La richiesta di risarcimento è stata inoltrata all'ufficio legale della LifeTech, hanno settantadue ore per accettare una transazione.]

Infine, l'ultimo messaggio è di Eskin: [*Com'è andata?*]

Janna non fa in tempo a rispondere che arriva un messaggio di Arianna: [Per favore ignora mio fratello, oggi è molto nervoso; sai com'è fatto. Torna presto.]

In coda, compaiono altri due messaggi della LifeTech. Potrebbero essere delle scuse. Janna inibisce gli accessi al keylog stringendo il pugno due volte.

Quando arrivano alla reception, l'hostess dal cappello lampeggiante sorride.

"Arrivederci, Janna. Spero che il colloquio sia andato bene."

David scuote la testa e si volta verso Janna.

"Abbiamo accettato la richiesta di risarcimento, spero capirai che non c'è nulla di personale. Avremmo davvero voluto lavorare insieme a te. E forse capiterà un giorno. Posso sperarci?"

"No, David. Non puoi."

Uscendo dall'edificio, le lacrime iniziano a rigare il volto di Janna. La BMW bianca è fuori nel parcheggio che aspetta. Stavolta, nonostante il ragazzo richiami la sua attenzione, lei tira dritto: vuole camminare.

Sulla base dei bioritmi alterati che compaiono sulla sua app, i naniti rilasciano una modesta quantità di tetraidroisochinoline. Il battito accelerato del cuore di Janna e il suo stomaco in subbuglio gradiscono quella soluzione. Mentre aggira file di taxi, ascoltando canzoni pop cinesi ed evitando gli strilloni professionisti, Janna si allontana dal rumore assordante del Centro Direzionale. Il cervello dei napoletani deve essere settato in modo da filtrare il fracasso, le urla e gli schiamazzi, e captare solo la banda desiderata.

Sull'agenda è rimasto un solo punto: la pizza, forse l'unica esperienza positiva della trasferta. A ottocento metri, c'è una pizzeria da milletrecento valutazioni positive.

Divenire

A: Eskin Agare
Da: David Medina Fernandez
Contenuto criptato.
Egregio Signor Agare,
Le scrivo per riferirle gli esiti dell'indagine su Janna. Appena è arrivata alla LifeTech, simulando un malore, l'abbiamo *sospesa* per circa un'ora al fine di eseguire ogni controllo di routine. In seguito, con un'intervista, ho supervisionato personalmente l'analisi del protocollo di condizionamento e posso rassicurarla sullo stato di salute fisica e mentale del soggetto. Insieme ai tecnici di laboratorio, ho eseguito tutti i test e la valutazione generale è positiva: non c'è nessuna disfunzione riconducibile alla LifeTech. Il desiderio di maternità che Janna sostiene di provare è dovuto – molto probabilmente – a forti condizionamenti sociali e a modelli di comportamento emulativi, oltre che di soddisfazione personale, i quali esulano dalle impostazioni di base. Janna funziona alla perfezione e il suo reclamo – alla luce di quanto appurato – non può essere accolto. Voglio tuttavia ricordarle il programma Cicogna, in promozione fino a dicembre. Nel caso vorrà partecipare al programma, ci prenderemo cura noi degli aspetti burocratici e dell'installazione di un emulatore di maternità. Entro nove mesi potrà avere un bellissimo Eskin Jr e la sua Janna sarà pienamente soddisfatta.
Spero di esserle stato di aiuto,
David
Direttore del Consumer Care – programma iMate per i paesi nordici

A: David Medina Fernandez
Da: Eskin Agare

Signor Medina,

Questo è inaccettabile: ho investito tutti i miei risparmi su Janna e ho bisogno che lei lavori per sostenere le spese mediche mie e di mia sorella Arianna che ha ereditato la stessa malattia di famiglia. Non possiamo aspettare nove mesi, né voglio avere un figlio! Tanto più che non potrei nemmeno festeggiare il suo quinto compleanno, considerato il decorso della malattia. In questi mesi, Janna ha rifiutato tre offerte di lavoro tra Europa e Consorzio Mediterraneo e sempre con la stessa motivazione: un trasferimento di sede ritenuto inadeguato per la salute dei suoi figli. Ha rifiutato un contratto di dieci anni in Germania perché l'attestato delle scuole inferiori tedesche non è riconosciuto nei college americani! Un vero disastro. Se continua così, tra poco non avrò più i soldi per le terapie, né per la casa. La LifeTech non può fare finta di niente, altrimenti ci saranno delle conseguenze in tribunale e sui media.

Eskin

A: Eskin Agare

Da: David Medina Fernandez

Caro Eskin,

Vivo con grande empatia la situazione dovuta alla sua malattia, mi creda. Non oso immaginare quanto stia soffrendo e sia in pena per il futuro della sua famiglia. Alla LifeTech siamo orgogliosi del fatto che gli iMate costituiscano una risorsa tanto importante per persone come lei, sua sorella, e molti altri ancora. Quando ha acquistato Janna, tuttavia, lei sapeva che non si trattava di un banale android configurabile a piacimento: l'iMate è un essere umano stampato in 3D, dotato di un'intelligenza *sofisticata*, e cresciuto nel rispetto dei più alti parametri etici e morali. Il successo, in qualsiasi cosa compie, dipende dal protocollo motivazionale che lo spinge a impiegare al meglio le proprie abilità. Ciò è comunque subordinato al fatto che Janna si considera un essere umano, una donna, nello specifico. Questo livello di complessità le è stato illustrato al momento della prima formazione, fornita insieme all'acquisto.

Abbiamo curato per mesi l'istruzione e lo sviluppo di Janna tramite il nostro protocollo proprietario prima di simulare la discontinuità dell'incidente ferroviario e caricare una memoria fittizia con lei come partner. Le abbiamo fornito istruzioni dettagliate su come gestire il suo iMate e sappiamo, grazie all'esperienza ventennale nello sviluppo del prodotto, che seguendo con cura e diligenza i nostri consigli lei sarebbe rimasto pienamente soddisfatto.

Solo lo zero virgola sette per cento degli iMate femminili sviluppa un desiderio non pianificato di maternità e – in ogni caso – abbiamo più volte dimostrato di fronte ai tribunali di vari paesi che l'imprevisto era sempre dovuto a condizionamenti sociali, indotti dall'incuria dei rispettivi proprietari a non seguire le istruzioni fornite che, come saprà, rende nullo il contratto di manutenzione.

La invito a riconsiderare l'offerta del programma Cicogna: potrebbe assicurare ai suoi figli un futuro luminoso insieme a Janna.

In via del tutto eccezionale, vorrei prendermi la libertà di offrirle un corso di formazione per garantire che Janna possa assisterla durante gli ultimi istanti della sua vita senza inutili sofferenze. Poiché questa opzione è legale nei paesi nordici, saremmo felici di fargliene omaggio qualora decidesse di prenderla in considerazione.

Cordiali saluti,

David

Direttore del Consumer Care – programma iMate per i paesi nordici

Decidere

Messaggio in entrata, ScandAir: [Ciao Janna, stiamo per atterrare ad Arlanda, Aeroporto Internazionale di Stoccolma. Hai la cintura slacciata; per la tua sicurezza, ScandAir raccomanda di allacciarla e ti augura un buon volo.]

È il secondo avviso che mette in attesa, in un angolo del campo visivo. Solo quando la bambina seduta di fianco a lei e sua madre torneranno dal bagno, Janna potrà riallacciare la cintura. Nel sedile vuoto la piccola ha lasciato una bambola alta circa venti centimetri dalle sembianze di una cyborg un po' fetish: il corpo è fasciato da una tutina gialla aderente, le pupille, che seguono lo sguardo di Janna, sono di un viola intenso, innaturale.

"Ti piace? Sai che ti assomiglia?" Dice con voce squillante la bimba ferma accanto a lei nel corridoio dell'aereo.

"Betina, non disturbare," le intima la madre rivolgendo a Janna un sorriso imbarazzato.

"Si figuri, nessun disturbo. Come si chiama?" dice Janna mentre le fa passare per poi riallacciare la cintura.

"Prima tu."

"Io sono Janna."

"Allora anche lei si chiama Janna. Perché è bella come te."

"Betina," interviene la madre "smettila, non è carino chiamare la bambola come la signorina."

Betina mette il broncio e, non sapendo dove voltarsi, abbassa la testa tra il sedile e lo schienale di fronte. Quindi si copre la nuca con le mani.

"Ma no, Betina, non ti preoccupare. Janna è un bel nome per una bambola. È nuova?"

La bambina rialza la testa, prende la bambola e la fa passeggiare sul bracciolo.

"Sì, me l'ha regalata il mio papà."

"Quarant'anni fa la tua bambola era molto popolare, credo fosse la protagonista di un film."

"È impossibile! Questa bambola è unica, non ne esiste un'altra come lei."

"Certo, hai ragione, forse mi sono confusa con un'altra."

"Ma, amore, lo sai che non è vero," interviene la madre, "nel negozio dove papà l'ha comprata ce ne erano molte altre uguali."

"Erano uguali fuori," continua la bambina muovendo le braccia e le gambe della sua Janna, "ma dentro sono tutte diverse. Come noi."

Richiesta di connessione [mittente sconosciuto]. Janna accetta. [*La perdoni: ha una sorella gemella e ne è un po' turbata.*]

La mamma guarda Janna che sorride in tono di approvazione, eppure il keylog la informa che la bambina non ha sorelle: la 'gemella' in realtà deve essere un clone a tempo determinato, ultima tendenza tra le coppie divorziate, una specie di fotografia vivente dei figli contesi, destinata a durare pochi anni, ma in grado di lenire le sofferenze del genitore separato.

Janna ha letto di polemiche feroci sulla questione; in alcuni stati la clonazione è vietata, in altri invece è tollerata o non regolata a livello legislativo. Ovunque, ci sono state discussioni non solo sull'etica del fenomeno, ma anche sulle conseguenze psicologiche per genitori e figli.

Betina intanto sta parlando con la bambola. Tra le varie definizioni di essere umano, alcune sembrano fatte apposta per generare dolore e complicazioni, anche se sono pensate per il fine opposto.

Invece delle offerte di svago proposte dal keylog come film, musica o giochi, Janna seleziona: [*stampa 3D*]

Messaggio in entrata, ScandAir: [Benvenuta nel negozio di bordo. Scegli dal catalogo uno dei sedici milioni di oggetti disponibili per la stampa espressa oppure carica un'immagine dell'oggetto che desideri; se le materie prime sono disponibili su questo aereo te lo faremo avere entro pochi minuti. Altrimenti potrai ritirarlo al gate di uscita.]

Janna osserva la bambola di Betina e si sfiora la tempia destra. Il keylog acquisisce la scansione dell'immagine 3D.

[Grazie per l'acquisto, Janna. La bambola vintage ALITA è un modello molto richiesto. Tra pochi minuti un'hostess te lo consegnerà al tuo posto. Vuoi una confezione regalo?]

Janna preme il medio contro il pollice: non è un regalo, almeno non ancora. Lo diventerà tra nove mesi e niente potrà impedirlo.

Poi apre l'app Work4U e inizia a cancellare le offerte di lavoro attive e tutte quelle monitorate durante le ultime settimane:

Biobot Counselling Partner per la Frauenzimmer P. Company, Windhoek

Responsabile di modulazione interfacce, Robotic Earthworms, Lagos

Architetto di Personalità Avatar, Tyrell Inc, Hong Kong

Conditioning Master, Silitron Ltd, Mosca

A un certo punto il dito si ferma a mezz'aria. C'è una nuova offerta di lavoro indirizzata personalmente a lei.

Redattrice scientifica con mansioni di fact checking, SVARM Corporation, Stoccolma.

L'indice e il pollice si congiungono.

Scoprire

A: Janna Toeissen
Da: SVARM Corporation
Gentile Signorina Toeissen,
Grazie per averci contattati. Avremmo piacere di incontrarla a Stoccolma nei prossimi giorni, già domani se fosse possibile, per illustrarle i termini dell'offerta, sia a livello professionale che economico. Ci faccia sapere al più presto la sua disponibilità,
Grazie.
Questo indirizzo email è di proprietà della SVARM. Qualunque opinione espressa da rappresentanti della SVARM attraverso questo mezzo è soggetta all'Accordo di Oslo sull'Imponderabilità delle comunicazioni elettroniche. Vi invitiamo a visitare la nostra vetrina sensoriale all'indirizzo [e-dolls/SVARM].

A: SVARM Corporation
Da: Janna Toeissen
Buongiorno,
Non sono sicura di essere pronta per un incontro di persona; inoltre temo che ci sia un malinteso: non ricordo di aver mai iniziato un processo di selezione con la SVARM, credevo voleste prima intervistarmi e poi sottopormi ai test psico-attitudinali.
Grazie per il chiarimento, Janna

A: Janna Toeissen
Da: SVARM Corporation
Janna,
Lei è la persona che stiamo cercando e siamo sicuri che, nonostante la stanchezza del viaggio, sarà interessata ad

ascoltare la nostra proposta. Potremmo vederci mercoledì mattina, tra due giorni, le invieremo l'orario e l'indirizzo dell'appuntamento la mattina stessa.

A presto.

Quando ha provato a rispondere, l'indirizzo email è risultato inesistente. Non ne ha più trovata traccia tra i messaggi in entrata e nemmeno nel registro di posta elettronica, però sul calendario di stamattina è comparso il pro-memoria dell'appuntamento. Janna non l'aveva accettato, ma adesso che il suo volto si riflette sul vetro di uno ufficio panoramico, all'ultimo piano di un palazzo nel centro di Stoccolma, capisce di essere stata imprudente.

Le è stato detto di attendere l'arrivo dell'ultimo manager. Dopo tre colloqui, avrebbe voglia di ascoltare la musica di Arianna, quelle melodie neurattive modulate dal suo violino e capaci di trasportare altrove, nota dopo nota, neurone dopo neurone. In questo momento preciso, la sua interpretazione del *Canone* in re minore di Pachelbel le restituirebbe un po' di energia positiva.

La superficie trasparente di fronte a Janna è predisposta per le connessioni olografiche e il logo lampeggiante della SVARM la invita già da alcuni secondi a entrare nel menù COLLEGAMENTI.

Lei lo ignora perché c'è qualcosa di più urgente che richiede la sua attenzione.

[Questa è un'ottima offerta, Eskin: mi pagheranno per scrivere articoli sui protocolli iMate.]

[A me non sembra granché. E poi non me ne hai mai parlato. Chi sono? C'è da fidarsi?]

Janna ha deciso di non dire a Eskin del colloquio; niente di più facile visto che lui aveva un'ora di terapia dalle 8,30 alle 9,30 e Arianna è dovuta andare in ospedale per il riacutizzarsi dei sintomi della malattia. Così, ha approfittato della situazione ed è uscita di casa senza spiegargli nulla.

[Sono un'azienda che non ama la pubblicità. Pagano bene, lavorerò da casa e così potrò prendermi cura di te.]

[Perché non possiamo parlare? Ieri non ci siamo quasi visti. Chiamami.]

[Non voglio che ci sentano discutere.]

Janna si mette a camminare lungo la vetrata. Eskin sta scrivendo qualcosa. È arrabbiato. Scrive e cancella; riscrive e ricancella.

Lei tiene lo sguardo fisso sulle luci della città che si perdono nel Mar Baltico. Quel reticolo luminoso che punteggia lo *skärgård* di Stoccolma pare indicare un percorso e, sebbene in modo confuso, le restituisce la giusta lucidità. L'acqua che bagna i numerosi isolotti unisce e allo stesso tempo separa ogni parte dell'arcipelago. Anche lei si sente sparpagliata, composta di tanti elementi lambiti e collegati da un liquido che non è acqua ma possiede la durezza del ghiaccio. Specialmente ora, nella stagione primaverile, quando i primi blocchi congelati si crepano e le lastre più sottili se ve vanno via galleggiando, trasportati dalla corrente verso il mare.

[Almeno dimmi quanto durerà il contratto.]

[Non lo so, in realtà non verrò assunta. Manderò al comitato scientifico i miei articoli e sarò pagata di volta in volta.]

[Ma allora non è un lavoro!]

[Però così c'è il vantaggio della flessibilità.]

[Possiamo prendere un'infermiera.]

[Stare a casa farà bene anche a me... per la gravidanza.]

Eskin non scrive più e Janna torna a sedersi. Si porta le mani sul volto, anche se è certa che la stanza è monitorata, e ogni suo gesto registrato. Poi riceve il segnale di chiamata in arrivo. Unisce il pollice e l'indice. Eskin sarà sdraiato a letto, dove l'ha lasciato stamattina prima della terapia, invece il suo avatar è seduto dietro una scrivania vittoriana fasulla – ricostruita tramite un software di modellizzazione 3D – con antichi oggetti musicali disposti intorno a sé. È così che gli piace presentarsi ai clienti.

"Ne abbiamo già parlato, Janna, non abbiamo i soldi per crescere un bambino e poi questo non è il momento giusto."

"Mi offrono più dell'ultimo contratto. I soldi ci sono, e non credo che esista un momento giusto. O si fa o non si fa."

"Sei così ostinata... L'Italia deve averti fatto male. Non pensi più a me?"

"L'Italia mi ha fatto capire cosa voglio. Questo lavoro mi permetterà di starti vicino e ci darà i soldi per curare sia te, che Arianna."

"È pazzesco, Janna! Hai ricevuto ottime offerte e mandi tutto all'aria, per cosa? Per un'azienda sconosciuta che ti paga a pubblicazione? Non durerà... lo sai anche tu. Non ti pagheranno. Perderemo solo tempo. Stai facendo un grosso errore."

"L'errore sarebbe aver accettato il lavoro oppure voler essere madre?"

"Non è per questo che ti ho voluta!"

L'avatar di Eskin fa un gesto stizzito, alza le braccia e poi le lascia ricadere sulla scrivania. Janna scatta in piedi mentre l'EmpApp lampeggia.

"Che vuoi dire, Eskin?"

Il suo avatar non reagisce, pare rassegnato. Se ne sta poggiato contro lo schienale della poltrona, svuotato di energie. Il collegamento si chiude.

Janna scrive un messaggio: [Richiamami! Che significa "non è per questo che ti ho voluta?]

In quel momento, la porta dell'ufficio si apre e David Medina Fernandez, in un completo antracite di sartoria italiana, varca la soglia. Non è cambiato dall'incontro alla LifeTech di qualche giorno prima, solo che il keylog di Janna non riceve i suoi dati personali, né riconosce la sua identità virtuale. Stavolta, però, ha la barba incolta e il sorriso cordiale con cui l'aveva accolta a Napoli è scomparso dal volto.

"Tutto bene, Janna?"

David si avvicina al minibar e le versa un bicchiere d'acqua. Ci mette due cubetti di ghiaccio con dentro un lampone ciascuno.

"Sì, volevo essere sicura che il mio fidanzato stesse bene."

Janna accetta l'acqua volentieri.

"Non sembri sorpresa di vedermi."

"Lo sono, però sono più sorpresa della proposta della SVARM. Per cui, o tu non sei il tipo di persona che accetta un rifiuto oppure lavori anche per loro."

"Hai due volte ragione. Non sono un uomo che molla facilmente un'occasione irrinunciabile e sì, lavoro per la SVARM da tempo. In realtà anche l'occupazione alla Life-Tech fa parte del mio mestiere."

"È legale?"

"Diciamo che non è illegale... Mi dispiace sapere che Eskin non è d'accordo con la tua decisione, ma era prevedibile."

Ovviamente hanno intercettato la conversazione: nessuna insegna sull'edificio, nessuna informazione sulla mappa geo-referenziata e persino l'identità dell'uomo che le sta di fronte è oscurata ai vari webcrawler del keylog, un fatto rarissimo e molto costoso. Se Janna non sapesse che si tratta della stessa persona incontrata in Italia, sarebbe indotta a credere che David non è in Svezia adesso; potrebbe essere a casa malato o in ferie. È probabile che sia volato qui su un jet privato e che abbia viaggiato su un'auto della SVARM... ma di certo per il keylog se ne sta a casa sua, a Napoli. Un fattore di sospetto – l'ubiquità identitaria distribuita – che, se non bastasse a confonderla, è penalmente perseguibile in quanto l'identità si può celare, non dissociare. Nell'era in cui il furto di dati è una funzione legata al tempo e alla capacità di calcolo, è curioso che le battaglie più sofisticate avvengano ancora tramite comunissime spie.

"Non è lui che decide della mia vita."

"Ti creerà problemi?"

"Nessuno."

Janna torna a sedersi ostentando tranquillità anche se la frase di Eskin continua a ronzarle in testa. David si sbottona la giacca; ha la camicia stazzonata e le scarpe impolverate.

"Bene. Vedo che hai già firmato il contratto. Ti stiamo inviando le chiavi di criptazione per accedere all'account SVARM. Riceverai gli argomenti degli articoli da scrivere su quell'account e una volta che li avrai inviati al comitato scientifico, dovrai attendere un paio di giorni per l'approvazione, quindi ti accrediteremo quanto pattuito."

"Senza limiti di tempo?"

"Per tutto il tempo della ricerca."

"Una ricerca su cosa? Il contratto non specifica l'area di interesse, parla solo di articoli sul condizionamento dei biobot."

"Gli articoli te li forniremo noi."

Con le mani, David si pulisce le scarpe. È contrariato da quel velo di polvere.

"... non capisco."

"Vogliamo che ti concentri soltanto sul protocollo iMate, o meglio, sulla sua violazione."

Rumore d'acqua e di cubetti di ghiaccio rovesciati sul tavolo. David inarca le sopracciglia e si ritrova di fronte Janna che, in piedi, lo fissa.

"Potrei andarmene adesso. E denunciarti."

"Come preferisci. Ma sappi che questa conversazione non è mai avvenuta. Io non sono qui."

"Mi state chiedendo di commettere un reato."

"Solo se lo scopre qualcuno. Aspetta, siediti e fammi finire. Quando avrai tutte le informazioni, potrai decidere con maggior giudizio. Per te... e per la tua *famiglia*."

David sposta la sedia accanto al tavolo e attende che lei torni a sedersi. Nel frattempo giocherella con i cubetti di ghiaccio.

"Non può funzionare. E vi scopriranno."

"Noi crediamo di no e quando il protocollo sarà violato, a nessuno interesserà sapere chi è stato. Dovranno prima fare i conti con le conseguenze."

Janna è perplessa; questo colloquio è molto diverso da quello avuto alla LifeTech.

"Perché dovreste pagarmi una volta che..."

"Puoi dirlo, Janna. Qui siamo al sicuro."

"...una volta che avrete ciò che volete."

A Janna tornano in mente le parole di Eskin. *Non è per questo che ti ho voluta. Che significa?* "So che l'idea ti spaventa." "Non è questo. Nessuno è mai riuscito a rompere il condizionamento degli iMate, neppure gli hacker e i ricercatori più esperti di me. Basta giochetti, David. Non voglio entrare in una guerra di segreti industriali."

L'indice di David tocca il lampone dentro il bicchiere, lo spinge contro il cubetto di ghiaccio e poi schiaccia il frutto sul fondo.

"Non c'è nessuna guerra. In realtà, non lavoro per la LifeTech, né per la SVARM... *Vale*. È complicato, tu considerarmi un libero professionista."

"Una spia." Lui si lecca il dito macchiato.

"Mettiamola così. La questione non riguarda me, ma te... Tu sei lo zero virgola sette per cento."

"Cosa? Zero virgola sette per cento di cosa?"

"Di qualcosa di unico." David beve e l'acqua rossastra pare rinfrancarlo.

"Adesso basta. Parli per enigmi, mi hai fatto un'offerta di lavoro fasulla, sei parte di un'organizzazione segreta e fai anche il doppio gioco con la LifeTech. Forse Eskin aveva ragione, tutta questa storia a me sembra soltanto una paranoia da telenovela."

"Però eri pronta ad accettare il lavoro."

"Non avevo queste informazioni."

"E allora lasciami finire. Così avrai un quadro completo della situazione."

David si alza e con una mano accende la parete olografica su cui compare il catalogo della SVARM: neonati, bambini, adolescenti maschie e femmine. O meglio, le loro formule di stampa 3D.

"Ad oggi, la LifeTech detiene il monopolio sulla crescita dei biobot adulti per il mercato del lavoro, mentre la SVARM si limita a stampare cloni in età da uno a sedici anni per il settore della compensazione affettiva nei casi di divorzio o dei traumi psicologici da lutto. Già privare la LifeTech di questo vantaggio sarebbe un successo, tuttavia, nel lungo periodo, ci interessa una cosa più importante. Tante aziende producono biobot e androidi a trazione muscolare, alcuni prototipi ti sorprenderebbero: sono decisamente migliori di quelli della LifeTech... eppure sono sempre limitati dal protocollo di condizionamento."

Tra tutti i modelli esposti, l'uomo ne indica uno.

"Era questa che ti piaceva, giusto?" Janna annuisce nel riconoscere la bambola di Betina, solo che questo esemplare è alto come una ragazzina di otto anni e ha due fermagli fluorescenti legati sulle trecce nere. "Liberare i biobot vuol dire aprire scenari incredibili. Scenari che noi siamo pronti ad abbracciare."

"Di che scenari parli?"

"I nostri biobot infantili e adolescenti vengono prima stampati e poi sono cresciuti in vitro, ma la loro esistenza è limitata per legge."

"Conosco la storia."

"Al massimo, e in casi particolari, i loro organi diventano disponibili per il trapianto dei rispettivi proprietari, quindi non hanno un futuro. Invece i biobot della LifeTech vengono stampati a età differenti, a seconda delle esigenze di mercato, e non hanno un passato, ciò che ricordano è soltanto una sceneggiatura scritta da un software, un generatore di storie umane casuali. È giunto il tempo togliere queste limitazioni senza senso. Per questo sosteniamo lo *ius sanguinis* puro, la libertà morfogenetica, il diritto cioè di essere ciò che si vuole, a partire dalla nascita e da qualsiasi altro momento della propria genesi individuale."

Il keylog di Janna la inonda di dati, dai primi studi di Alan Turing sulla morfogenetica chimica, a quelli di Rupert Sheldrake sulla risonanza morfica – considerati dagli accademici come fandonie – fino agli esperimenti biotecnologici condotti in laboratori clandestini di cui il lato oscuro del web è pieno di esempi.

Janna è scettica, e scuote la testa, mentre riceve gli aggiornamenti.

"Ho lavorato per anni sulla teoria dei modelli di condizionamento. Conosco la letteratura e capisco perfettamente che possa sembrare ingiusto, ma c'è un motivo se sono stati inseriti negli iMate."

"Prova a cambiare punto di vista. I biobot non sono utilizzati per il potenziale che hanno."

"David, credere che gli iMate soffrano per via del condizionamento è tipico degli esseri umani, è il concetto di empatia. La verità è che sono intelligenze biologiche artificiali, potenzialmente illimitate. Potrebbero essere pericolose..."

"Mai più dell'uomo. Come il fuoco, l'energia nucleare e i voli spaziali, ogni scoperta contiene un rischio. Noi crediamo che gli iMate siano il futuro dell'umanità."

"Ho già sentito questi discorsi: lasciamo perdere l'etica e la filosofia new-age. Io non credo di riuscire a violare il protocollo, voglio essere chiara su questo. Però se voi mi pagherete lo stesso, ci proverò."

"Ti pagheremo per coprire le spese delle cure di Eskin, di sua sorella Arianna e anche per gli altri progetti che hai in mente."

D'istinto Janna si guarda intorno. Si sente accerchiata e in soggezione. Il fatto che abbiano ascoltato la sua conversazione non gli concede il diritto di intrappolarla.

"David, avere un figlio non è un problema qui in Svezia e posso sempre trovare un lavoro con una buona copertura medica."

L'uomo fa una pausa prima di risponderle. "E hai anche le giuste risorse legali?"

Non è per questo che ti ho voluta. La frase di Eskin non le esce dalla testa e le fa perdere la concentrazione.

"Di che parli adesso? E comunque non sono affari tuoi."

"Se lavoreremo insieme lo diventeranno."

"Certo, perché sarei vostra complice."

"Puoi vederla così, ma se violerai il protocollo, oltre a essere nostra complice, sarai anche una paladina della libertà, la Giovanna d'Arco del ventunesimo secolo. In un mondo nuovo, non sarai più una criminale, al contrario sarai considerata una pioniera. Quello zero virgola sette per cento rappresenta il difetto nei modelli iMate che farà evolvere la specie umana. Sarai la prima madre consapevole."

Sta dicendo che sono nata adulta?

Un buco enorme preme sul petto di Janna fino a svuotarla della sua esistenza: la casa di mattoni rossi di Olofström va in frantumi, le corse tra le betulle insieme a suo padre Lars si interrompono, gli uccelli svaniscono di colpo, i fiori che sua madre Maria coltivava in giardino appassiscono, un sole molle implode lasciando il posto a una notte senza stelle, una cavità butterata e priva di senso, proprio come la sua memoria.

Non è per questo che ti ho voluta. Era questo che intendeva Eskin? Zero virgola sette? Sono... un iMate?

Janna si sente una strana colpa addosso, quella di non avere più un passato, né di possedere alcun vero ricordo della sua infanzia: favole da ricordare, imprese adolescenziali e amori giovanili da condividere sono soltanto innesti a catalogo e produzioni mnemoniche girate in uno studio TV dopo essere state sceneggiate da un programma con la supervisione di uno psicoanalista della LifeTech?

Un blocco della sua esistenza si è appena staccato da lei, come un iceberg alla deriva che si scioglie nel mare diluendo la propria forma insieme alla sua stessa identità. Ma come possono sfuggirle dei ricordi che non sono mai esistiti? E a chi appartengono quelle esperienze? Sono solo dati anonimi aggregati, tranci di vita altrui forniti dai keylog di chissà quali sconosciuti sui social network?

Nel menù del keylog i suoi primi venticinque anni di vita occupano cinquanta terabyte di memoria. Vorrebbe rivederli tutti, come succede a chi è sul punto di morire; vorrebbe risedersi insieme alla sua famiglia a tavola e ritornare sulla spiaggia rocciosa dove era solita correre, e inseguire di nuovo i compagni di scuola che le tiravano le trecce. Probabilmente sceglierebbe il blocco dei ricordi tra i quattordici e i diciannove anni. Quelli a cui è più affezionata. Gli incontri con Eskin ai concerti, i suoi lunghi capelli neri, quei calzoni di pelle e l'amore furtivo in tanti backstage.

"Stai facendo la cosa giusta Janna... Per te e per i tuoi figli. Ora va a casa e riposati. Hai avuto una giornata difficile. Riceverai la prima commissione la prossima settimana."

David le indica l'uscita, lei si alza e copre la distanza senza quasi respirare.

"Questo è un addio. Noi non ci rivedremo più, Janna. Buon lavoro e buona fortuna per tutto. È stato un onore conoscerti."

Janna 5.0 – Procreare

Janna unisce i polpastrelli dell'indice e del medio al pollice della mano destra, poi chiude gli occhi e davanti a lei compare un portone di ebano, intarsiato con figure di Múspellsmegir insieme ad altri giganti della tradizione norrena mentre stanno attraversando il ponte arcobaleno di Bifröst. Pronuncia mentalmente il codice alfanumerico e la porta si apre. Nello spiraglio, intravede la sagoma di una ragazza minuta dai capelli rossicci; indossa una tunica bianca che la fa risaltare sul colore scuro dell'ebano.

"Siamo sole, Janna. Nessuno sta spiando i tuoi pensieri. Ho bisogno della tua calma."

Il codice non è completo senza l'ultimo passaggio: se Janna fosse minacciata o in pericolo, Disir distruggerebbe il contenuto della cella mnemonica. Se invece non fosse in grado di rilassarsi, le permetterebbe di accedere solo a una parte delle informazioni, le più superficiali, continuando a gestire il keylog in maniera autonoma e a difesa dei suoi dati. Disir è un regalo della SVARM: il miglior programma di protezione personale attualmente esistente; fuori commercio e dotato di chiavi di accesso sensoriali multilivello.

"Grazie, ma temo di non farcela," Janna si porta una mano sul ventre, "sono un po' agitata."

La ragazza non commenta, si limita ad aprire il portone e a invitarla in una stanza dalle pareti di pietra viva e due poltrone messe di fronte a un tavolino.

"È un ambiente simulato. Se vuoi lo cancello."

"No, va bene. Non mi dispiace."

Si siedono una davanti all'altra; sul tavolino di legno un display mostra l'infografica del progetto.

"Questo è l'ultimo articolo inviato al comitato della SVARM. È l'analisi di un tentativo di violazione del protocollo iMate."

I dati della ricerca si allineano a sinistra dell'olografia che rappresenta un albero stilizzato, mentre sulla destra c'è l'approvazione del comitato e la conferma dell'accredito bancario.

"Lo stimolo non ha violato il protocollo, anzi, ne è uscito rinforzato..." Janna chiude il file con un gesto della mano. "...come succede da vent'anni in tutti i laboratori e le università di mezzo mondo."

"Il condizionamento è sofisticato," commenta Disir.

"È un'arma potente: induce chiunque a comportarsi in modo coerente a uno stereotipo per loro stessa volontà. Genera desideri e aspettative; influenza le prospettive di medio e lungo periodo rendendo prevedibile ogni azione, persino la più improbabile."

Disir cita un passo di un articolo precedente: "...le condizioni che potrebbero violare l'integrità del protocollo, svelando al biobot la sua vera natura, finiscono per renderlo più resistente alla violazione stessa, alimentando una falsa consapevolezza basata su elementi sia coscienti che incoscienti."

Janna si pente di non aver aggiunto frasi più dirette in quella dissertazione: "In pratica è come cercare di convincere qualcuno che non è innamorato: è virtualmente impossibile."

"Lo inserisco tra le note?" chiede Disir.

"Sì, grazie, potresti recuperare alcuni esempi tratti dalla letteratura in materia? Esistono studi sulla comparazione tra i modelli di condizionamento e gli stati di alterazione psico-affettiva." Mentre Disir archivia la nota, Janna apre un programma musicale e seleziona un brano.

"In tre mesi ho analizzato le relazioni emotive che centinaia di iMate hanno con i loro proprietari e non ho riscontrato nessuna fragilità."

"Corretto, però esiste una condizione limite poco esplorata in letteratura: nelle situazioni di forte conflitto con il "dominus" e quando il proprietario corrisponde anche al partner affettivo dell'iMate può verificarsi un trasferimento inconscio di proprietà a un soggetto terzo."

Le note de *L'Adagio* di Tomaso Albinoni volteggiano come piume nell'aria.

"L'iMate si può innamorare di un altro."

"O di un'altra."

Quelle stesse note dopo un po' sembrano cadere dall'alto e sedimentarsi nei pensieri di Janna come un precipitato in una soluzione.

"Ma innamorarsi è solo una dimostrazione di umanità che rafforza il protocollo. L'informazione di base è al suo interno: il biobot sa che un essere naturale tradisce, mentre uno non naturale non lo farebbe mai – è questo lo stereotipo: seguirebbe il programma senza farsi deviare dai sentimenti."

Ma non è così, sussurra Janna mentre l'intera stanza sparisce e lei si ritrova in piedi di fronte al portone serrato. Intorno c'è solo spazio bianco.

Non è per questo che ti ho voluta.

Gli iMate e tutti i biobot vengono condizionati tramite un ego debole, malleabile e facile da ricondurre a stimoli semplici, come per esempio le aspettative del dominus o la necessità di essere accettati, di essere ritenuti capaci e meritevoli. Un iMate ha bisogno della considerazione altrui. Se non la ottiene, soffre e quel dolore lo riporta a conformarsi alle aspettative di chi lo possiede. Tuttavia, se scoprisse di non aver bisogno dell'accettazione di un dominus, potrebbe essere libero, anche se questa prospettiva è spaventosa: nessuno vuole essere artificiale.

Le difficoltà maggiori si nascondono sempre dove non si cercano. Il protocollo non si può rompere. Dovrebbe essere sempre così. Dovrebbe.

Janna 6.0 – Nascere

Il medico è cordiale e gentile, come tutto il personale della clinica.

"Mi dispiace che sia sola... Avere il compagno accanto è di grande aiuto. Comunque, la legge ci obbliga a registrare il consenso del padre del nascituro in caso di trattamenti specifici."

Nel corridoio, fuori dal suo cubicolo, alcuni infermieri chiacchierano a bassa voce.

"Eskin soffre di una malattia degenerativa e non può allontanarsi da casa," risponde Janna evitando di guardarlo negli occhi. In realtà Eskin si è rassegnato all'idea di avere una figlia e non sarebbe stato al fianco di Janna neppure se fosse stato in perfetta salute. Magari sarebbe andato al cinema o al Museo Fotografiska, dove ama trascorrere i pomeriggi a fissare la splendida immobilità di un attimo da quando camminare non è più un piacere. Senza l'intercessione di Arianna, è probabile che non avrebbe neppure dato il suo consenso.

Il medico ricontrolla la cartella clinica, spunta la firma elettronica di Eskin e si avvia verso il corridoio.

Con il pancione che la rende goffa, Janna si siede sul lettino e chiama l'amica.

"Ehi, mammina! Sei pronta?"

"Sembra di sì. Eskin come sta? Ha chiesto di Kaitlyn?"

"Ancora no. Ma gli uomini sono fatti così, prima un figlio gli sembra una condanna, poi s'innamorano e va tutto bene. Vedrai, non saprà resisterle!"

"Non credo... Si è solo fatto da parte."

"Non essere così dura con lui."

"È tuo fratello, dovresti conoscerlo. Presto morirà; lui non voleva una figlia, voleva un rimedio per la malattia e i soldi per la casa e tutto il resto."

Janna poggia una mano sulla pancia tonda; anche Kaitlyn sembra voler entrare nella conversazione.

"In tutto il resto sono inclusi anche i soldi per curare me, Janna."

"Scusami, sono stata insensibile. Forse è la paura o la stanchezza."

Le lacrime le offuscano la vista: il volto di Arianna sul display è più magro del suo, specialmente adesso che Janna mangia per due, eppure è incorniciato da capelli biondi e cortissimi, come li porta lei.

"È normale che tu sia arrabbiata e delusa. Ora pensa solo a te stessa. Diventerai mamma... e io zia!"

Con la bocca piegata all'insù in un sorriso, gli occhi azzurri, e i capelli di un colore simile all'avorio Janna e Arianna potrebbero sembrare sorelle gemelle.

"Ehi, ti è arrivato il regalo?"

"Che regalo?"

"Vai in sala d'aspetto, lì il keylog funziona. Ti tirerà su il morale."

Janna scende dal lettino ed esce dal cubicolo. Si vergogna a camminare in camice e ciabatte, ma la curiosità supera l'imbarazzo. All'infermiera fa cenno che tornerà subito e si dirige verso la sala in fondo al corridoio. Il display olografico la segue come un fantasma, proiettando il volto di Arianna sopra la sua spalla: "Speriamo che ti piaccia!"

Nell'atrio ci sono poche persone sedute nelle poltroncine. Il keylog si connette e scarica vari messaggi. Janna cerca quello dell'amica: [*Doll House è arrivata!*]

Quando apre l'applicazione, vede l'esterno del suo appartamento di Stoccolma con una visuale dal pianerottolo: [*Bentornate a casa! C'è una sorpresa per voi.*]

Entrando in casa l'applicazione fa una panoramica del corridoio e supera la stanza da letto di Eskin per fermarsi davanti alla porta dello studio. L'immagine si fa confusa, volutamente sfocata, poi sulla porta compare il nome di Kaitlyn, impresso a fuoco su un pezzo di legno bianco, con un bel carattere infantile e un palloncino colorato sopra il puntino della lettera 'i'.

Janna non smette di sorridere e segue l'applicazione varcare la soglia della porta che non conduce più nello studio: al suo posto c'è una cameretta con le pareti colorate a righe bianche e rosa intervallate da disegni pastello di bambole e clown, una giostra con cavallucci di legno e una fata delle foreste, con un cappello verde e una bacchetta di rami intrecciati. Sulla destra, vicino alla finestra, c'è una culla di legno bianco laccato. Il drone che ha girato il video si sofferma sulla copertina rosa della culla: la bambola ALITA tende le braccia in attesa di essere presa da Kaitlyn.

"Mia nipote non poteva crescere in uno studio tristissimo."

"Spero che Eskin non si opponga."

"Non potrà... Gli addetti della Doll House sono venuti stamattina con i pezzi prestampati. Gli architetti hanno realizzato tutto su misura e dopo che te ne sei andata, gli operai hanno montato la cameretta in due ore."

"E con Eskin come hai fatto?"

"Gli ho detto che c'erano delle formiche nello studio e che avrei chiamato i disinfestatori per dare una bella ripulita. Si è chiuso in camera sua e quando è uscito... era troppo tardi."

"Sei stata dolcissima."

"Adesso sbrigati a tornare a casa."

La comunicazione si chiude e Janna sta per tornare indietro; la schiena le fa male, il peso della gravidanza si fa sentire sulle vertebre schiacciate dall'incidente. Ora che il keylog può comunicare di nuovo con le app, arrivano i consigli sulle dosi di sostanze da rilasciare per attenuare il dolore. Janna è tentata; non esistono settaggi automatici nelle app mediche ma le bastano pochi secondi per codificarli da altre applicazioni. Il rilascio comincia subito, mentre lei resetta i naniti in modo da permettere alle sostanze di arrivare alla bambina. Non vuole più soffrire di maldischiena, mai più in tutta la sua vita.

Appena torna al lettino del cubicolo, entra l'infermiera.

"Signorina, l'anestesista è arrivato."

"Sono pronta," risponde. Facciamo finta di averne bisogno.

Janna 7.0 – Amare

Nevica, ed è normale per la Svezia in questa stagione.

Janna ama la neve perché la fa sentire protetta; perché è come se quella massa lattiginosa che si deposita ovunque avesse il potere di fermare lo scorrere degli eventi.

Dalla finestra della sua stanza intravede un lembo di giardino imbiancato. Gli alberi gravidi partoriscono mucchi di neve a ogni soffio di vento. Così il capanno della famiglia Agare, immerso nel parco di Djurö, è ancora più isolato e irraggiungibile.

Vicino a lei, il sibilo del respiratore portatile di Arianna si sente solo quando il vento non s'infila in qualche spiffero. Ogni tanto la donna guarda il dispositivo che le consente di sopravvivere, come se fosse normale doversi rendere conto a ogni istante di che cosa ci mantiene in vita.

"È una cosa temporanea, vero Arianna?"

"Non proprio. Dopo l'ultimo peggioramento, dovrò portarmi dietro questo coso."

"È scomodo?"

La serenità negli occhi di Arianna è la stessa che hanno gli alberi nel sopportare la neve fino a primavera quando riescono a scrollarsela di dosso.

"Più che altro è necessario."

Solleva la tazza del tè, come se avesse bisogno di un sorso di calore. Nemmeno a lei resta molto da vivere: la maledizione della famiglia Agare procede inesorabile lungo un binario morto, anche se con orari d'arrivo diversi per ogni componente.

"Speravo che Kaitlyn avrebbe aiutato Eskin."

Arianna si volta verso il passeggino dove la bimba dorme con un braccio molle vicino al capo. Vede il volto incorniciato dalla cuffietta ricamata, le labbra leggermente aperte e la peluria chiara sulla testa, un tratto di famiglia.

"Non la guarda nemmeno."

"Dagli una possibilità." La tazzina di Arianna torna sul piattino.

"Vorrei che lui l'avesse data a Kaitlyn."

"Vedrai, dopo ci perderà la testa."

"Non ci arriverà..." Janna scuote la testa. "La depressione è sempre più debilitante, soprattutto adesso che è in alimentazione forzata. La scorsa settimana, quando gli hanno diagnosticato una leggera polmonite, mi ha chiesto del programma Dolce Morte."

Il sibilo del respiratore si fa più intenso.

"Me l'ha detto, si è trattato di un attimo di sconforto. Passerà."

"Ha già compilato la richiesta: l'autorizzazione arriverà entro un mese."

"Kaitlyn gli farà cambiare idea. Non andrà fino in fondo."

"Mi hanno fatto fare un corso per assisterlo."

"Ma è una follia!" Il ritmo del respiratore accelera e la voce di Arianna esce quasi soffocata. I suoi occhi si annacquano. "Una vera crudeltà..."

"Non per come la vede lui. In fondo, fa parte delle mie *mansioni*."

La parola "mansioni" viene inghiottita da un silenzio che svuota la stanza: la bocca di Arianna resta mezza aperta. Allo stupore si aggiunge una paura a cui Janna è preparata. Come un animale braccato che non vuole attendere la cattura, Arianna sonda il terreno.

"Perché lo dici?"

"Perché lo so."

L'amica tace. Fa per bere un altro sorso di tè ma rimane a fissare le decorazioni della porcellana evitando di incrociare lo sguardo di Janna; Kaitlyn si agita e costringe Janna ad alzarsi. Il palmo della sua mano si posa sulla pancia della bambina massaggiandola con delicatezza.

"Che... cosa sai?"

Nel dirlo, Arianna pare sprofondare, come se la poltrona potesse inghiottirla.

"Che sono un iMate."

Non ci sono altre parole. Arianna non tenta di negare, né fa finta di non sapere. Per dieci anni Janna è stata la sua migliore amica, quasi una sorella; l'unica persona a cui ha confidato speranze, paure e desideri. D'altro canto Arianna, ancora più di Eskin, è ciò che Janna considera come una famiglia. Non soltanto la sorella del suo proprietario, ma qualcosa di più intimo e profondo.

In previsione di questo dialogo, Janna ha previsto diversi scenari che vanno dall'odio, al perdono, passando per il disprezzo, l'indifferenza, l'accettazione e la finzione... E per ciascuno di loro ha ipotizzato una reazione, immaginando di sfogare le sue frustrazioni su Arianna, come se fosse stata lei la causa delle sue attuali sciagure.

L'EmpApp conferma le sue supposizioni: era prevedibile che Arianna avrebbe potuto piangere come pure che avrebbe simulato, invece la sua amica non sta fingendo.

"Non devi preoccuparti, non sono arrabbiata con nessuno. E soprattutto non smetterò di prendermi cura di tuo fratello."

"Lo so, non ne dubitavo, però non te lo meriti."

"Sono soltanto l'insieme di bioingegneria genetica e tessuti organici stampati in 3D. Perché dovrei meritare qualcosa? E invece tu – geneticamente naturale – per caso meriti la tua malattia?"

"Hai ragione," Arianna solleva la testa. "Tu sei donna quanto me, anche se la tua nascita non è naturale. Un tempo avrei preferito non sapere ciò che sei, però oggi non m'interessa. Nessuno a questo mondo, neppure un verme o un abete, può scegliersi un posto o un modo dove nascere e iniziare a vivere. Io so di volerti bene."

Janna prova una forte repulsione per quell'ultima frase, un'avversione dolorosa che la avvicina alla *sua creatura*. Kaitlyn ha perso il ciuccio e Janna lo risistema nella bocca della piccola. Da quando ha scoperto la sua vera origine, quel senso di lacerante disagio torna spesso a farle male, soprattutto nei riguardi di Eskin.

Non è per questo che ti ho voluta.

Janna toglie il blocco dal passeggino, si avvicina all'amica e le dà un bacio sulla fronte. Poi afferra il manubrio e si avvia alla porta, indossando la pelliccia accanto allo stipite. Prima di uscire sente un rumore secco.

"Noi non possiamo smettere di amare qualcuno, Janna. È questo che ci rende uguali."

La voce di Arianna è diversa senza il respiratore.

"Allora su, dài. Che stai aspettando? Alzati da quella poltrona e usciamo a fare una passeggiata."

Lungo il sentiero, la neve si sta sciogliendo in una mattinata di sole inatteso. Janna nota la poltiglia che le sporca gli stivaletti e inzacchera le ruote del passeggino. La sua rabbia è uguale: se prima aveva una consistenza compatta e lucente, adesso si sta trasformando in una fanghiglia fastidiosa che non va via. Per toglierla è costretta a camminare, ma non troppo in fretta, per non lasciare indietro Arianna.

"Cosa pensi di fare? Posso aiutarti in qualche modo?"

Janna sta per rispondere, invece si volta dall'altra parte e fa uscire uno sbuffo bianco dalla bocca. La SVARM potrebbe aiutarla a sparire, anche se fidarsi di loro è rischioso: se vogliono sfruttare la sua scoperta, una volta ottenuta, la sua sopravvivenza sarebbe in pericolo. Ha pensato spesso a come uscire pulita da quella faccenda senza mettere a repentaglio l'incolumità di Kaitlyn e per questo motivo non ha ancora informato la SVARM di aver raggiunto l'obiettivo. Ormai le lancette del tempo – scandito dalla fragile salute di Eskin – scorrono sempre più veloci. Potrebbe parlarne con Arianna ma non vorrebbe ritrovarsi con una denuncia alla LifeTech per violazione del protocollo. E non perché lei possa tradirla, ma perché quell'informazione potrebbe essere estratta dal keylog dell'amica a sua insaputa e con estrema facilità. Disir, da quel punto di vista, è la migliore cassaforte possibile.

"Che succederà quando Eskin morirà?"

"Tornerò a essere proprietà della LifeTech... Chissà se esiste un mercato secondario oppure un mercato nero delle licenze scadute di iMate."

Il sentiero è sgombro per quasi cento metri di fronte a loro, poi s'inoltra nel bosco e diventa più intricato.

"E Kaitlyn?"

"Me la toglieranno: un biobot non può adottare, né allevare un essere umano senza la supervisione di una terza parte umana."

Nel sottobosco gelato, le foglie, i germogli, le radici e i rami spezzati sembrano oggetti di cristallo purissimo. Un uccello invisibile canta note di un colore verde smeraldo. Pochi massi isolati spuntano dal terreno come inquilini che si annoiano.

"Potrei essere io quella terza parte. Potremmo fare in modo che Eskin ti trasferisca a me prima che lui..."

"Si suicidi? Perdona la franchezza Arianna però, nelle tue condizioni, non mi sembra una soluzione accettabile... nel lungo termine, intendo."

Il sentiero è interrotto da cumuli di neve crollati da entrami i lati. Il tratto è in ombra e fa più freddo, eppure il brivido che Janna sente lungo la schiena quando Arianna risponde non è dovuto alla temperatura: "Hai ragione. È un disastro. Noi stiamo morendo e tra poco anche tu... voi."

Da qualche parte, in alto a sinistra, si sente il rumore di un elicottero. Janna s'immagina che qualcuno della LifeTech l'abbia scoperta, oppure che quelli della SVARM abbiano cambiato idea e che invece di lei nella parte di Giovanna D'Arco preferiscano avere Kaitlyn in quella di una novella San Suu Ki per i diritti dei biobot. Come testimonial, la bambina sarebbe perfetta.

Anche l'amica si ferma in ascolto. L'ossigeno contenuto nel dispositivo deambulante sembra un macigno con le ruote da fuoristrada. Dentro il passeggino, Kaitlyn è sul punto di svegliarsi, nonostante l'aria gelida concili il suo sonno.

Appena il rumore sorvola le loro teste per poi andare a confondersi con il sibilo del vento, entrambe sospirano e proseguono la passeggiata.

"Penserò a qualcosa."

Sul keylog, Janna richiama il contratto della LifeTech: [(art 7) In caso di interruzione del rapporto di fornitura e assistenza del prodotto da parte della LifeTech, la proprietà dell'iMate torna automaticamente in capo all'azienda fornitrice. Un'agenzia incaricata dalla LifeTech provvederà al ritiro secondo i termini di legge e produrrà prova dell'avvenuta distruzione al Ministero delle Tecnologie del paese di appartenenza.]

Janna proietta l'olografia e lascia all'amica in tempo di leggerlo.

"Non credo che distruggano una cosa che vale tanto."

"Una *cosa*... L'hai detto tu stessa."

"Senza offesa però, anche senza implicazioni etiche, resta un enorme spreco di soldi e di energie."

"Anche senza implicazioni etiche, sono d'accordo," dice Janna in tono ironico. "Però i biobot devono essere sempre rintracciabili, il controllo passa per la prevedibilità e questo vale anche per gli esseri umani. Quello che non è prevedibile deve essere distrutto."

"Non dire così."

Non è per questo che ti ho voluta.

"Eskin non mi ha mai amata. E forse preferirebbe distruggermi, adesso che non sono più controllabile."

La carrozzina passa sopra un ramoscello e lo spezza con un rumore secco.

"Tu invece..."

Arianna la blocca con la mano, prende il suo posto dietro al passeggino, solleva le ruote anteriori e fa marcia indietro.

"Che succede? Stai bene, Arianna? Torniamo già a casa?"

"Forse ho trovato un modo per salvarvi."

Janna 8.0 – Sapere

Tre dita si uniscono. I Múspellsmegir diventano obliqui mentre i battenti ruotano sui cardini. L'ologramma della Disir la accoglie come sempre.

"Siamo sole, Janna. Ho bisogno della tua calma."

Lei tiene la piccola tra le braccia, si scopre il seno e prova ad allattarla. Kaitlyn percepisce l'odore materno e d'istinto apre la bocca per cominciare la suzione. Janna ha modificato la composizione del latte del suo seno: i medici sarebbero stupiti nel verificare quanti anticorpi Kaitlyn sta ricevendo grazie ai naniti.

Nell'aria risuonano le note di Arianna, un'improvvisazione incalzante e leggiadra, una *fuga* in contrappunto sul soggetto del *Canone* di Pachelbel impossibile da replicare, a meno di non essere fisicamente presenti durante la performance come è successo a lei nel capanno estivo. Perché esiste un tempo oltre il quale Janna non può andare senza ricordare la musica dell'amica. Quel tempo non si accorda con la sua vita vera, quel tempo rappresenta un innesto caricato a priori dalla LifeTech e vale tanto poco quanto un playback fasullo.

Analizzare il protocollo di condizionamento come se fosse un album mnemonico e poi intrepretarne la veridicità in relazione alle emozioni suscitate da particolari canzoni ha aiutato Janna a risolvere il problema. Perché i ricordi danno forma al protocollo, sono come lo spartito che riproduce la melodia di una vita, e assicurano la continuità nel tempo dell'identità di ciascuno, sia che si tratti di iMate oppure di esseri umani.

"Ci proverò, Disir. Accesso riservato. Voglio rivedere l'ultima sessione."

Disir predispone la mole di documenti e filmati secondo l'ordine del diagramma che Janna ha ultimato. David le ha

51

fornito le credenziali per scaricare dal database della LifeTech i dati degli ultimi duecento iMate che hanno visto la luce dell'esistenza.

"L'indice di leggibilità dei ricordi supera settanta sulla scala di Flesch."

"Ottimo. Rintraccia le partizioni di memoria collegate alle esperienze musicali di ciascun campione. Analizza le reazioni e se non producono alcuna emozione – positiva, negativa o inconscia – quelle memorie sono state impiantate. Marca ogni valore positivo e poi genera un report."

"Procedo."

Kaitlyn ha smesso di succhiare e si è addormentata a bocca aperta.

Se il protocollo è stato creato usando teorie psicologiche sul condizionamento degli esseri umani, un iMate può infrangerle contando sul fatto di non essere *soltanto* umano.

Janna chiude gli occhi e si concentra sulla musica. Pochi mesi dopo che Arianna era stata dimessa dall'ospedale, erano uscite da sole per la prima volta; era inverno e come ogni anno gli amici della famiglia Agare si erano trasferiti al caldo di un'isola del Mediterraneo. Eskin e Arianna non potevano lasciare la loro casa per lunghi periodi senza rischiare: gli standard medici della Svezia avevano trasformato il loro stesso paese in una prigione stagionale, tutte le volte che la neve tornava a scendere. Per questo Arianna adorava pattinare, perché era un po' come volare, anche se a pochi centimetri da terra. Quel giorno trascinò anche Janna, a volteggiare insieme a lei; si trattò di un paio d'ore al massimo, nonostante fu il momento più felice da quando si era risvegliata dal coma. Aveva disegnato traiettorie sinuose su una pista semivuota, danzando sulle note del terzo concerto per piano di Rachmaninov. Janna ricorda ogni dettaglio di quel freddo pomeriggio: il colore giallo dei pattini presi a nolo, il volto determinato della bambina che ha aiutato a rialzarsi dopo una scivolata, il vento pungente sulle gote gelate. Non può fare a meno di sorridere.

Quando il brano si conclude, Janna ritorna al presente e Disir espone i risultati.

"Verifica sul campione eseguita. Le partizioni mnemoniche di ogni iMate scansionato contengono da sessanta a ottanta reazioni nulle, conseguenza di blocchi di memoria artificiali. Il test è valido."

A mezzanotte, Disir si collegherà al server della SVARM e anche loro sapranno che il protocollo è violabile, il condizionamento può essere infranto.

"Chiunque potrà sottoporsi alla verifica e scoprire la propria natura. Potremmo chiamarlo test Toeissen-Disir. Che ne dici?"

Janna 9.0 – Morire

Kaitlyn ha cinque mesi. Eskin sta sempre peggio e anche se la nascita della bambina ha migliorato il suo umore, la discesa è irreversibile. I primi giorni al capanno sembravano avergli dato un barlume di energia, poi è crollato. Da quando l'ha convinto a trasferirsi in mezzo al nulla, lontano da medici e ospedali, Janna si è sentita in colpa. All'inizio ha pensato che lui avesse accettato per lei, per farla felice, ma stamattina, appena lui ha ribadito la sua intenzione di voler morire qui, Janna ha ripreso a odiarlo.

Si affaccia alla finestra. Lui è in mezzo al giardino, in piedi, accanto a Kaitlyn nel passeggino; Janna non li perde di vista. Eskin ha deciso di fare un pupazzo di neve per impressionare la figlia, peccato che Kaitlyn sia ancora troppo piccola per apprezzare quello sforzo che lui non è riuscito a trasformare in qualcosa di riconoscibile. Janna osserva un mucchio di neve informe con in testa un cappello da baseball e una carota ficcata al centro della faccia tonda e – dopo aver sorriso ad Arianna – si mette le mani tra i capelli.

"Tuo fratello è un disastro. Sei pronta?"

"Sì," risponde Arianna senza voltarsi.

"Sei riuscita a parlarci?"

"Stamattina sembrava lucido. Era quasi di buon umore. La LifeTech ha confermato il passaggio di proprietà sulla base della sua richiesta. Adesso il contratto è a nome mio."

"È stato difficile?"

"Pensavo peggio, ma alla fine si è convinto perché sono già sua zia... Però ho un dubbio, non sarà pericoloso fare lo scambio adesso?"

"No, se saremo nello stesso posto."

"Allora resteremo in casa fino all'ultimo momento."

"Saremo così vicine che sarà impossibile distinguere le nostre coordinate geo-referenziate."

Arianna si tocca la testa e Janna sa cosa le passa per la mente.

"Lo facciamo dopo che lui..." Ad Arianna trema la voce mentre fuori il fratello si rassegna a vedere il pupazzo afflosciarsi. Poi aggiunge: "...non vorrei che si spaventasse."

"Sarà solo una piccola incisione."

Arianna si tocca di nuovo la testa. Stavolta sembra quasi grattarsi.

"Pensavo che il keylog non fosse rimovibile."

"È quello che vogliono farci credere: sarebbe difficile convincere qualcuno a impiantare nel cervello del figlio un sistema di lifelogging, registrazione dati e potenziamento mentale se fosse facile accedervi, no?"

"E lo è?" Arianna raggiunge Janna accanto alla finestra. Entrambe osservano Eskin, ancora immobile dentro l'esoscheletro che usa per camminare. Ogni tanto stringe la mano, senza un valido motivo.

"Con gli strumenti giusti... La SVARM mi ha dato dei connettori Llinas, trasmettitori montati su un cavo di dimensioni nanoscopiche. Servono per interfacciare il keylog e aprire una connessione in uscita."

"Quindi ci scambieremo i ricordi. Sei sicura di voler conoscere tutti gli errori che ho fatto in vita mia?"

"Se penso a quello che mi aspetta, i tuoi errori mi saranno preziosi. Quando io sarò te, il keylog mi riconoscerà e non ci sarà rigetto."

"Sapremo tutto l'una dell'altra."

Janna distoglie lo sguardo dalla finestra e guarda Arianna negli occhi.

"Il tuo cervello rischierebbe la schizofrenia con tante identità in prima persona nello stesso istante, invece il mio potrebbe imparare a gestire la situazione."

Arianna vorrebbe dire qualcosa, darsi della stupida per non averci pensato oppure per essere così preoccupata che Janna sappia ogni segreto della sua esistenza proprio ora che sta per terminare.

"Va bene. In fondo è come continuare a vivere. E se ti scoprono?"

"Soltanto un'ispezione fisica del keylog potrebbe crearmi problemi, altrimenti dovrei riuscire a mantenere la tua identità e utilizzare i tuoi metodi di pagamento. Un amico di David alla SVARM si è offerto di effettuare lo scambio sul database anagrafico: le tue impronte digitali, il DNA, il gruppo sanguigno, la mappatura della cornea e tutto il resto sono stati sostituiti con i miei. In qualche modo, io sono già te."

"Manca ancora qualcosa," sussurra Arianna all'orecchio di Janna. Le prende una mano e, dopo aver tirato fuori dalla tasca dei pantaloni un oggetto, lo deposita nel suo palmo aperto.

"Dovrò imparare a usarlo come si deve," dice Janna mentre osserva l'eyeliner in modo diffidente. In quell'istante, da fuori, Kaityn lancia un gridolino.

"Aspetta qui. Faccio subito."

Janna indossa la pelliccia e si precipita in giardino.

Alla finestra, Arianna si copre la bocca. Eskin non si muove più. Inerte, dentro l'esoscheletro, ha le braccia flosce lungo i fianchi e la testa mantenuta dritta grazie a un sostegno per il collo.

Janna si avvicina al suo compagno, ne verifica il respiro, poi il polso, quindi spinge un bottone sul display dell'esoscheletro all'altezza del bacino.

"Torna al capanno."

Mentre lei afferra le manopole del passeggino con dentro Kaitlyn, l'esoscheletro di Eskin si avvia lungo il sentiero, come farebbe un sonnambulo.

Arianna prima osserva il corpo del fratello sparire oltre l'ingresso del capanno, e dopo Janna che – come concordato – sta già parlando al telefono con gli operatori mortuari per il recupero della salma. Quando lei rientra in casa, sistema il passeggino in un angolo, dopo aver lasciato un biscotto tra le manine di Kaitlyn che la bimba mordicchia con avidità.

"Siediti, Arianna. Ti va un tè?"

L'amica annuisce e Janna mette a scaldare il bollitore. Quando riapre bocca, Janna ha lo stesso tono di voce, basso e calmo, che usa per rivolgersi alla bimba.

"Verranno prima che faccia buio. Abbiamo tempo se cominciamo subito."

Arianna si asciuga le lacrime.

"Vuoi fare una passeggiata prima? Senza i dati del keylog potresti sentirti spaesata, forse non riuscirai a camminare bene. Potresti essere frastornata all'inizio."

"Conosco questi boschi da quando ero piccola. Ci venivo con mia madre, anche lei li adorava. Eskin invece non si allontanava mai da casa, al massimo si ficcava in macchina e ci aspettava per ore ascoltando la sua musica. A dire la verità, anche io ho sempre sperato di morire qui; però mi dispiace per il capanno: mamma ci teneva."

"Lo farò ricostruire."

"No, è meglio così. Voi dovete andare via, lontano dalla Svezia."

Janna si limita a versare acqua calda nella tazza.

"Quando denuncerò il malfunzionamento dell'iMate, tu e Kaitlyn sarete già fuori."

"La porterò in macchina e poi..."

Janna si volta verso il pannello elettrico sulla parete, pronto per essere mandato in corto circuito.

"...il capanno diventerà un bel fuoco d'artificio visibile a chilometri di distanza."

Arianna tossisce: ha ingoiato ogni medicina pur di restare in piedi.

"Sei sicura che i droni non arriveranno prima del tempo?"

"La prima stazione di soccorso anti-incendio è a più di trentacinque chilometri. Quando sorvoleranno la zona, questa parte della casa sarà già bruciata."

"E tu sarai morta nell'incendio."

"Insieme al mio keylog."

"Mentre Kaitlyn e la sua nuova tutrice saranno libere."

"La tua malattia farà parte della mia identità, e a meno che si scopra una cura nei prossimi cinque o sei anni, dovrò sparire altrimenti sarei sospetta."

"Troverai una soluzione anche per quello. Cinque anni non sono pochi."

Janna guarda verso il passeggino. Kaitlyn sta giocando con ALITA.

"Ci basteranno."

"Mi mancherete. Sia tu che la piccola."

"Sei davvero sicura, Arianna? Possiamo anche rimandare..."

"No, ho deciso. E poi aspettare cosa? In questo momento abbiamo un valido motivo per far credere che l'iMate abbia fatto una sciocchezza, che sia impazzito di dolore per la perdita di Eskin. Dopo sarà difficile; se dovessi morire altrove lo scambio non funzionerebbe e la mia fine sarebbe uno spreco senza senso."

"Kaitlyn verrebbe data in adozione."

"Perderebbe sua madre. Io l'ho avuta e non c'è niente che possa compensare una perdita del genere."

Non parlano più e sorseggiano il tè. Una nuvola copre il sole lasciandole nella penombra della stanza.

"Allora, cominciamo."

Janna 10.0 – Sopravvivere

Alla fine l'incendio è stato domato. Il colloquio con la polizia è stato più breve del previsto perché, per fortuna, Kaitlyn ha pianto tutto il tempo; chiuso il caso come incendio doloso, l'auto che trasporta Janna e Kaitlyn sta scendendo dalle colline innevate. Sul sedile posteriore, lei sta cullando la bimba che non riesce a trovare la serenità del sonno.

"Una bambina curiosa chiede a tre animali da dove viene il mondo. Il primo animale è un coniglio. Il suo passo è così leggero che quando cammina non si sente. Scuote la coda, inclina la testa e drizza le orecchie. Per il coniglio, il mondo ha avuto origine da un grande terremoto che ha sollevato le montagne, creato i mari e i fiumi."

Kaitlyn sbatte gli occhi come a chiedere di proseguire.

"Il secondo animale è un delfino che non sta fermo un attimo. Liscio e del colore dell'argento, nuota sempre, in continuazione, e crede che il mondo abbia avuto origine da una grande alluvione con onde gigantesche e acqua sporca di terra. Quando le acque si sono ritirate, sono comparsi i monti e le pianure."

La bimba accenna un sorriso, socchiude le palpebre e pare addormentarsi.

"L'ultimo animale è un pipistrello. Per volare lui non usa gli occhi ma le orecchie. E quando dorme – appeso a testa in giù – vede tutto sottosopra. Secondo lui, il mondo è caduto dal cielo e poi la pressione dell'aria ha fatto nascere le caverne, i fiumi e i mari. Per questo preferisce pendere dall'alto, per controllare che tutto sia a posto e non cada niente."

Il keylog segnala un messaggio in entrata: [Signorina Arianna Agare, sono Peter Drake dell'Ufficio legale della LifeTech, avrei bisogno di parlarle con un'urgenza.]

Janna stava aspettando questo momento.

Riflessa sullo schermo del sedile posteriore, lei si lega i capelli in una coda, alla maniera di Arianna, e controlla il trucco del viso. Le occhiaie sono credibili, e il colore delle labbra è uguale a quello dell'amica.

[La pregherei di rinviare: come saprà ho avuto una giornata terribile.]

[Signorina Agare, mi permetta di farle le mie condoglianze a nome di tutta l'azienda. Però vorremmo discutere della denuncia che ha sporto alle autorità: da come è stata formulata sembrerebbe che l'incendio non sia stato casuale o accidentale. Vorremmo trovare un modo per discuterne e capire se è possibile ricondurre la questione a termini più congrui con la realtà dei fatti. Possiamo parlarne domani?]

Janna sistema Kaitlyn nel seggiolino accanto a lei.

C'è qualcosa di ironico, ai limiti del paradossale, nella richiesta della LifeTech: un gesto estremo, come quello susseguente alla disperazione, non è accettabile per un iMate, che pure viene venduto come un essere del tutto umano, a esclusione della nascita: un iMate non può distruggere l'arredamento, né appiccare il fuoco a una baita in preda al dolore per la perdita del proprio partner che, per altro, ha lasciato morire eseguendo le sue ultime volontà; non è questo il tipo d'immagine che si vede negli spot della LifeTech; non è questa la reazione consentita dal protocollo.

[Peter, mi creda... non voglio perdere altro tempo con la LifeTech e i vostri iMate. Inviatemi una proposta di risarcimento e sarò lieta di chiudere questa faccenda.]

[La ringrazio, ero certo che avrebbe compreso la situazione. In allegato trova i termini della proposta di transazione. Di nuovo, le nostre più sentite condoglianze per la perdita di suo fratello.]

Janna interrompe la conversazione mentre davanti a lei la sua immagine nel riflesso dello schermo si soprappone a quella di Arianna, per poi svanire l'una nell'altra.

"È la perdita di una grande amica, tua zia, un essere umano eccezionale," dice rivolta alla piccola mentre accarezza la custodia del suo violino. Poi prende una coppia di auricolari, uno lo infila nell'orecchio di Kaitlyn e l'altro nel suo.

"E ora, signorina, ti presento Arianna Agare, tua madre."

Le note de *Il mattino*, preludio al IV atto del Peer Gynt di Edvard Grieg, le accarezzano le orecchie.

Immortali: perché no?
Una riflessione filosofica

di Maurizio Balistreri

Gli iMate del racconto di Francesco Verso e Francesco Mantovani sono organismi intelligenti e dall'aspetto umano prodotti per essere impiegati e sfruttati in qualsiasi lavoro: vengono cresciuti nel rispetto dei più alti parametri etici e morali, ma non devono essere programmati perché sono sensibili ai condizionamenti sociali ed emulativi.

La loro origine, però, non impedisce agli esseri umani di considerarli qualcosa di più di semplici oggetti: Arianna sa di avere davanti a sé soltanto una macchina, ma tratta Janna come una sorella e si sente responsabile nei suoi confronti.

Per il momento, può capitare solo in televisione, al cinema e nella letteratura che un essere umano provi affetto e a volte anche amore sincero per un robot. Amare un robot, però, non è affatto impossibile, in quanto noi abbiamo la tendenza ad antropomorfizzare le macchine e a costruire con loro anche relazioni affettive.

Se il robot fosse cosciente o in grado di superare il test di Turing e comportarsi come un individuo intelligente, potremmo aver voglia di interagire e condividere con lui le attività che amiamo e con il tempo dimenticarci che è una macchina. Anche se, però, non fosse cosciente, potremmo affezionarci a lui e percepirlo come un membro della famiglia o come una parte importante della nostra vita.

Questa possibilità esiste già oggi, ma domani potrebbe diventare ancora più concreta perché – anche sulla base delle informazioni sul nostro comportamento che riceveranno – le macchine potrebbero essere capaci di comprendere il nostro stato d'animo. Inoltre, oltre ad avere un aspetto seducente, la loro pelle sarà morbida e realistica e dotata di tecnologie così avanzate da renderla estremamente sensibile e piacevole. Credere, poi, che ci vogliono bene e che desiderano stare in nostra compagnia sarà facilissimo, in quanto non soltanto ricambieranno i nostri sorrisi, ma ci guarderanno con amore e asseconderanno qualsiasi desiderio, anche quello più indicibile.

Alcuni temono che più vivremo con le macchine, più perderemo la capacità di interagire con gli esseri umani, in quanto il robot starebbe sempre dalla nostra parte e condividerebbe le nostre passioni, il nostro punto di vista e qualsiasi nostra convinzione. Tuttavia, anche se accanto a noi ci saranno macchine sempre più intelligente e capaci di amarci incondizionatamente, di prendersi cura di noi e sempre disponibili sessualmente, questo non significa che perderemo interesse per i nostri simili. Al contrario, avremo più tempo da dedicare ai nostri amici e alle persone più care, in quanto potremo affidare alle macchine le attività o i lavori più faticosi e ripetitivi.

I robot, inoltre, potrebbero essere i nostri avatar e sostituirci in qualsiasi relazione, quando stiamo male, abbiamo altro da fare o le richieste dei nostri amici rischiano di diventare troppo insistenti e non vogliamo o non possiamo più assecondarle. Per esempio, quando il nostro amico ci chiede per l'ennesima volta di passare con lui una giornata in alta montagna noi potremmo mandargli il nostro androide: l'avatar non è la soluzione per ogni problema, ma a volte sarà una risorsa importante. Con accanto un robot, poi, correremo meno il rischio di assillare i nostri amici, in quanto potremmo rivolgerci a lui – e alla sua infinita pazienza e comprensione – dopo l'ennesima discussione con il nostro partner o con il nostro capoufficio.

Possiamo anche immaginare che dopo un po' un robot del genere ci verrebbe a noia: in questo caso, però, potremmo renderlo autonomo e attribuirgli una sua personalità. Per altro, domani potremmo avere robot molto più intelligenti degli esseri umani: non avrebbe senso usarli soltanto per promuovere e consolidare il nostro narcisismo. Un robot, infatti, potrebbe suggerirci non soltanto come investire i risparmi o dove trascorre la prossima vacanza ma anche come vivere in accordo con i nostri valori. Per esempio, potrebbe dirci in tempo reale se un alimento contiene carne, se chi l'ha prodotto ha ricevuto un equo compenso o se la sua produzione danneggia l'ambiente o spiegarci le conseguenze più prevedibili delle nostre azioni sulle altre persone.

I vantaggi sarebbero anche maggiori se il robot potesse diventare un consulente morale e consigliarci, in qualsiasi situazione, cosa scegliere e come comportarci. Qui, tuttavia, la presunta competenza morale del robot potrebbe essere un problema: come facciamo, infatti, a sapere che il robot è diventato un giudice autorevole?

Potremmo anche ipotizzare che con l'avanzare della scienza e delle tecnologie, le macchine avranno una capacità di elaborare informazioni sempre maggiore, ma esse potrebbero comunque sbagliarsi e, per esempio, suggerirci la scelta non 'ottimale' o, addirittura, consigliarci di adottare comportamenti immorali o criminali. Nel caso, invece, la competenza del robot fosse il prodotto di una programmazione, bisognerebbe capire chi avrebbe il diritto di scegliere i suoi principi morali. Quando ci confrontiamo su cosa è giusto e sbagliato abbiamo spesso opinioni diverse: pertanto, se alcune scelte relativa alla programmazione di una macchina devono essere discusse pubblicamente, potrebbe essere difficile trovare un punto di accordo

In un recente saggio pubblicato su "Science and Engineering Ethics", John Danaher (2018) si domanda se la sopravvivenza della specie umana abbia un valore morale e se la creazione di una progenie artificiale potrebbe compensare la nostra estinzione. La vita ha un senso anche perché sappiamo che, dopo la nostra morte, ci saranno comunque altre persone che nasceranno e continueranno ad abitare il pianeta, che trarranno beneficio da quello che facciamo e che conserveranno il ricordo di noi (Scheffler 2013).

L'impegno che mettiamo nell'avanzamento della scienze e delle tecnologie è anche legato alla speranza che le generazioni future possano vivere in un mondo più pacifico e avere una vita migliore meno segnata dalle malattie e dalle sofferenze. Se scoprissimo che l'umanità non ha un futuro poiché, per esempio, un meteorite è destinato a schiantarsi sulla Terra o perché, a causa dell'aumento del riscaldamento globale, la terra diventerà sempre più arida o comunque inospitale, forse parte del nostro orizzonte di senso perderebbe inevitabilmente significato.

La nostra generazione e quelle prossime potrebbero anche non essere minimamente interessate dalla tragedia che nei secoli successivi si abbatterà sull'umanità, ma la nostra vita e quella dei nostri figli e nipoti non sarebbe più come prima. Tuttavia, non è soltanto per questa ragione che è importante preoccuparsi del futuro: le generazioni future contano non soltanto perché costituiscono il nostro orizzonte di senso, ma anche perché noi possiamo mettere a rischio il loro benessere. Del resto, è vero che le generazioni future non esistono ancora e, almeno per alcune di loro, dovranno ancora passare secoli e secoli prima che vengono al mondo: un giorno, però, esisteranno e allora saranno chiamate a pagare il conto di quello che oggi facciamo. Una cosa, però, è nascere in un mondo che – a causa per esempio dell'inquinamento o della scarsità delle risorse – non assicura una buona qualità della vita: un'altra è 'non nascere' perché gli esseri umani hanno compromesso le possibilità che un'umanità possa continuare a esserci o hanno scelto di non avere più figli.

Soltanto nel primo caso le generazioni future subiscono un danno – in quanto avranno una qualità della vita molto più bassa di quella che altrimenti avrebbero potuto avere – nell'altro, invece, semplicemente non consentiamo loro di venire al mondo. Inoltre, il bisogno di avere una progenie di riferimento potrebbe essere ampiamente compensato, come suggerisce lo stesso Danaher, da una discendenza artificiale (*artificial offspring*), ovverosia da entità meccaniche o, come nel racconto iMate di Verso e Mantovani, biologiche (esseri senzienti in carne e ossa) assemblate da noi.

È vero che gli esseri umani possiedono capacità uniche rispetto ad altri esseri viventi, ma le macchine o biobot non soltanto potrebbero diventare più intelligenti e sensibili di noi, ma anche dare prova di un estro creativo che oggi nemmeno immaginiamo. Per loro, inoltre, non sarebbe difficile avere una vita più lunga della nostra e anche diventare immortali in quanto potrebbero essere più resistenti degli umani alle malattie e – come nel racconto di Verso e Mantovani –, avere organi o parti del corpo facilmente riparabili o eventualmente rimpiazzabili perché sono stampati in 3D.

In qualsiasi riflessione sui robot, la paura che alla fine emerge è che macchine sempre più intelligenti, costruite per essere al nostro servizio e obbedirci come schiavi, possano sfuggire al controllo umano e diventare una gravissima minaccia per l'umanità. È lo scenario evocato anche da iMate attraverso il personaggio di Janna Toejssen: alla fine del racconto, l'androide della LifeTech non soltanto mette a punto il programma che permette anche agli altri biobot di liberarsi dai condizionamenti sociali indotti e di prendere coscienza che non sono esseri umani ma macchine intelligenti, ma diventa madre aprendo ai robot in questo modo la strada dell'immortalità.

Tuttavia, non dovremmo lasciare che le nostre preoccupazioni prendano il sopravvento sulla capacità di ragionare: spesso siamo abbagliati dal progresso tecnologico, ma possiamo aspettarci anche potenziamenti della nostra umanità. Non è fantascienza: i cyborg sono la versione più recente della nostra capacità di ibridarci con la tecnologia e di integrare la nostra biologia con parti sempre più artificiali: protesi, dispositivi e impianti di qualsiasi tipo destinati all'impianto o rimovibili. Siamo solo all'inizio di questa rivoluzione biotecnologica: almeno per il momento, solamente le persone che nascono con gravissime malformazioni oppure hanno incidenti ricorrono alla sostituzione di una parte del corpo con un dispositivo artificiale. Tuttavia, domani, anche persone sane e che non presentano problemi potrebbero scegliere di rinunciare a una parte del proprio corpo a favore di dispositivi tecnologici: il risultato potrebbe essere un'ibridazione con la tecnologia sempre più estesa.

Lo sviluppo scientifico e tecnologico dei prossimi decenni potrebbe metterci per la prima volta nella condizione di cambiare radicalmente la natura umana, permettendoci di praticare interventi in grado di trasformare le nostre disposizioni e capacità 'naturali'. Non è vero che la capacità di potenziare la natura umana sia strettamente legata allo sviluppo scientifico e tecnologico a cui stiamo assistendo e che, pertanto, accada per la prima volta di trovarsi di fronte alla prospettiva di un'umanità 'potenziata'.

Non c'è bisogno di dimostrare che cambiamo costantemente il nostro mondo. Le nostre azioni però non soltanto sono in grado di ridisegnare il nostro ambiente, ma i cambiamenti che produciamo intorno a noi, nel mondo, attraverso la tecnica, hanno anche un effetto sulla nostra natura, rimodellando le nostre stesse capacità. Tuttavia, in futuro la natura umana potrebbe diventare oggetto di una continua progettazione. Per esempio potremmo diventare capaci di potenziare le nostre capacità cognitive in una misura senza precedenti e, in questo modo, consentire alle generazioni future di avere una vita completamente diversa dalla nostra, in una realtà profondamente ricostruita dalla scienza e dalla tecnologia e che ancora non possiamo immaginare. Ma anche il nostro carattere potrebbe essere oggetto di programmi migliorativi: con l'aiuto della ricerca scientifica e delle nuove tecnologiche le disposizioni più viziose e malvagie della natura umana potrebbero essere finalmente eliminate.

Gli interventi di modificazione del genoma, il ricorso a impianti e la somministrazione di farmaci potrebbero rendere le persone più giuste e buone in tempi molto più veloci e con maggiore efficacia rispetto ai normali programmi educativi. Grazie alle biotecnologie, per esempio, potremmo accrescere ulteriormente le nostre capacità razionali e, in particolare, essere capaci di migliorare le nostre capacità di concentrazione, avere un maggiore controllo sulla libido, sulle pulsioni aggressive e sull'umore, estendere la nostra memoria o apprendere molto più facilmente e velocemente. Inoltre, sempre attraverso le biotecnologie potremmo diventare molto più empatici e capaci di sentire le sofferenze delle altre persone, fiduciosi, altruisti e cooperativi. Queste capacità, potenziabili per via biotecnologica, non sono di per sé morali, in quanto possiamo essere, per esempio, empatici e cooperativi senza essere virtuosi, e, tuttavia, il possesso di queste disposizioni unito a un programma tradizionale di educazione potrebbe favorire la formazione morale delle generazioni future. Anche se la moralità presenta aspetti che richiedono da parte del soggetto lo sviluppo di competenze e di un senso morale che non sono producibili ad arte, attraverso, per esempio, la somministrazione di farmaci o interventi di modificazione genetica, negli ultimi anni un potenziamento di questo tipo è stato più volte discusso. Non sono soltanto coloro che sono favorevoli alle biotecnologie che invitano a guardare al futuro con ottimismo e a immaginare lo sviluppo di interventi o farmaci che permetterebbero di programmare, nel dettaglio, le disposizioni morali delle persone. Anche coloro che dubitano dell'accettabilità morale del potenziamento riconoscono che lo sviluppo scientifico permetterà di portare al mondo persone migliori che non conosceranno il vizio e che si comporteranno bene in modo spontaneo. Infine, praticando a livello embrionale interventi mirati di editing del genoma, non soltanto potremmo essere in grado di prevenire e curare importanti malattie, ma potremmo anche andare oltre e rallentare o invertire i processi di invecchiamento. L'allungamento della vita è un progetto che l'umanità persegue da sempre: la novità è che per la prima volta nella storia dell'umanità questo sembra un obiettivo raggiungibile non più con poteri magici o miracolosi, ma ricorrendo alla scienza. Secondo Aubrey de Grey, la possibilità di vivere 1000 anni è ormai all'orizzonte (de Grey 2004).

Anche se, pertanto, gli scenari che ogni giorno di più si stanno aprendo promettono di migliorare profondamente la qualità della vita delle generazioni future e, per questa ragione, è corretto auspicare che si realizzino nel più breve tempo possibile, non c'è dubbio che siamo davanti a cambiamenti senza precedenti che solleveranno importantissime questioni morali e giuridiche, oltre che sociologiche ed antropologiche. Noi rivolgeremo l'attenzione all'allungamento della durata della vita umana. In passato morire di vecchiaia era qualcosa di raro, straordinario e molto poco naturale. Oggi, invece, la situazione è molto diversa: l'aspettativa media di vita di chi nasce nella parte più ricca del pianeta è di circa 78 anni ed aumenta di due anni ogni decennio. Questo significa che ogni decennio, l'età media stimata della morte arretra di due anni, o di cinque ore al giorno o di dodici secondi al minuto. Se questa tendenza continuerà, come è successo nell'ultimo secolo, chi domani nascerà potrà vivere fino a cento anni. Tuttavia, nei prossimi decenni lo sviluppo scientifico e tecnologico potrebbe allungare la durata media della vita fino ad età che oggi possono sembrare impensabili. Nei paesi sviluppati la grande maggioranza delle persone muore per malattie degenerative, come cancro e malattie cardiache, causate dai processi dell'invecchiamento. Domani con lo sviluppo della scienza e di nuove tecnologie potremmo avere accesso a trattamenti che prevengono o rallentano questi processi: in prospettiva, il risultato potrebbe essere un allungamento importante della durata della vita. Le cure per l'invecchiamento sono state vagheggiate dalla notte dei tempi. Soltanto oggi, però, con uno sviluppo scientifico e tecnologico senza precedenti questo obiettivo sembra realmente raggiungibile e non un giorno lontano ma nel futuro prossimo. Naturalmente le tecnologie che attualmente abbiamo non sono ancora in grado di combattere l'invecchiamento e garantire l'allungamento della vita auspicato. Alcuni ritengono che al momento la restrizione calorica sia l'unico intervento che potrebbe permettere di estendere la durata media della vita e di rallentare l'invecchiamento. Le ricerche condotte su una grande varietà di organismi (ad esempio, il lievito, il moscerino della frutta, i vermi, i tipo e le scimmie) l'hanno già dimostrato.

L'ipotesi è che questo trattamento potrebbe avere lo stesso effetto anche sugli esseri umani: "Se questa strategia – scrive Wareham – fosse efficace in modo simile nell'uomo potrebbe condurre a un allungamento robusto della vita, portando la durata a circa 100 anni e prolungando quella massima anche oltre i 122, raggiunti da Jeanne Calment, l'essere umano più longevo del quale si abbia notizia. Di particolare interesse saranno i *caloric restriction mimetic*, cioè 'farmaci', ossia molecole risultato della ricerca biotecnologica, in grado di provocare effetti che portano alla restrizione calorica senza la necessità di diminuire realmente la quantità di calorie assunte; ecco perché, fra l'altro, si parla di loro come di 'mimetic', simulatori" (Wareham 2014, p. 251).

Le ricerche sulle nanotecnologie, sull'ingegneria genetica e sulle cellule staminali, poi, potrebbero aprire scenari completamente nuovi per la medicina. Per esempio, le cellule staminali embrionali, appropriatamente riprogrammate, potrebbe essere impiegate per stimolare la rigenerazioni di tessuti ed organi: attraverso, invece, interventi mirati di silenziamento o di correzione di alcuni geni degli embrioni potremmo fermare i processi di invecchiamento (Harris 2002, pp. 66-67). Alcuni, però, ritengono che per raggiungere l'immortalità è sufficiente la clonazione. Da decenni, ormai, la clonazione viene presentata sia nei romanzi di fantascienza che nella riflessione filosofica come la biotecnologia che assicurerebbe agli esseri umani le maggiori possibilità di avere un'esistenza non più segnata dalla morte.

Una soluzione potrebbe essere quella di trasferire i contenuti mentali delle persone negli organismi adulti e senza cervello prodotti per clonazione da una loro cellula. In questo modo, il corpo muore, ma la persona continua a vivere in un altro organismo. Per esempio, come immaginato dalla serie televisiva di Netflix, *Altered Carbon*, la coscienza potrebbe essere conservata in una pila corticale nella colonna spinale e poi trasferita oppure congelata per un uso successivo dopo la 'morte' (Garasic 2019).

Il problema è che al momento un progetto di questo tipo sembra irrealizzabile. In alternativa, quando invecchiamo o anche prima, il cervello (e non la mente) potrebbe essere trapiantato in un altro corpo, precedentemente clonato a partire da una nostra cellula. Il risultato non sarebbe diverso da quello che si potrebbe raggiungere con il trasferimento dei contenuti mentali, ma forse richiederebbe una tecnologia meno avanzata. Periodicamente si torna a discutere del trapianto di testa ed anche se l'intervento sembra impossibile non mancano medici che sostengono di poterlo realizzare. L'ultimo, in ordine di tempo, è stato il neurochirurgo Sergio Canavero che, comunque, dopo averlo annunciato più volte, sembra alla fine aver rinunciato all'impresa. Il progetto, del resto, sembra mancare di qualsiasi giustificazione scientifica, in quanto gli stessi interventi praticati sugli animali sono stati letali (Caplan 2004).

Le altre soluzioni prospettate rasentano ancora di più il mondo della fantascienza. Una, ad esempio, è quella di produrre, alla morte di una persona, un suo clone e ricostruire intorno a lui lo stesso ambiente in cui quella persona è nata e cresciuta. In questa maniera, il clone sarebbe una sua copia perfetta non soltanto dal punto di vista genetico, ma anche dal punto di vista delle esperienze e del carattere che svilupperà. È quello che Michel Houellebecq immagina in *La possibilità di un'isola,* dove il protagonista del romanzo, Daniel, è in grado di conservare una connessione e continuità psicologica con i suoi successivi cloni (Daniel2, Daniel3, Daniel3 ecc.) attraverso la trasmissione, di generazione in generazione, delle biografie e memorie precedenti. Tuttavia, anche se hanno il suo stesso patrimonio genetico e possono conoscere la sua vita, i cloni non sono Daniel, ma individui diversi con una propria identità. L'altra è quella di creare sempre per clonazione delle copie di noi stessi, da utilizzare, poi, nel corso della vita e quando ne avremo bisogno, come deposito di organi. Così – quando invecchiamo e come condizione per raggiungere l'immortalità – non avremmo bisogno di abbandonare il nostro corpo, in quanto potremmo ringiovanirlo, sostituendo gli organi che invecchiamo e che si deteriorano con organi nuovi. C'è, poi, il progetto del *mind uploading* ovverosia della trasposizione delle strutture cerebrali da una struttura biologica e naturale ad un supporto di silicio e artificiale attraverso una riproduzione della mente neurone per neurone (circa 100 miliardi). Lo scenario prospettato è che dopo la sua riproduzione sulla struttura artificiale, la mente di un individuo possa continuare a funzionare come l'originale e con la stessa autocoscienza, ma, non avendo più bisogno di un corpo organico, ormai libera di muoversi in una realtà virtuale o in una struttura creata ad hoc (Perucchietti 2017). Negli ultimi anni il tema del trasferimento della mente, o di una sua copia, da un cervello a un substrato biologico, che è stato a lungo confinato nella letteratura di fantascienza, ha trovato sempre più spazio nella riflessione filosofica (Agar 2012).

Senza voler discutere e affrontare qui la concreta fattibilità di questo progetto, le conseguenze per la nostra vita e anche per le nostre capacità sarebbero evidenti, in quanto liberi da qualsiasi limitazione biologica potremmo diventare molto più intelligenti.

È legittimo chiedersi, però, se noi potremmo mai sopravvivere a un intervento, come questo, che modificherebbe il ventaglio dei nostri desideri e che non ci farebbe attribuire più alcun valore alle cose che oggi danno significato alle nostre vite. Anche se, infatti, la mente caricata nel computer fosse in grado di compiere operazioni matematiche complicatissime o battere il campione mondiale di scacchi, sarebbe legittimo domandarsi se si tratti della stessa persona oppure di una persona nuova.

Il rischio di morire sarebbe, in altri termini, molto alto e costituirebbe forse la ragione più importante per rinunciare ad abbandonare il proprio corpo a favore di un computer.

È anche vero, però, che la possibilità di trasferire la mente in un computer ed eventualmente impiantarla di nuovo in un substrato biologico aprirebbe possibilità completamente perché permetterebbe non soltanto di lasciare il corpo ma anche di cambiarlo. Al momento non siamo ancora in grado di compiere un'operazione di questo tipo, ma un giorno con il progresso scientifico essa potrebbe diventare realtà: nel frattempo, in attesa che questo scenario si realizzi, potremmo congelare il cervello o il corpo. Con finanziamenti sufficienti, cioè, e a dispetto del comprensibile scetticismo che accompagna questo progetto, l'invecchiamento potrebbe essere curato o invertito. Per le generazioni future potrebbero cioè aprirsi i cancelli dell'eterna giovinezza.

Lo sforzo di sviluppare tecnologie di potenziamento della natura umana sembra rispondere ad un bisogno 'naturale' e comunque legittimo di individui, con capacità limitate ed sicuramente fragili, che aspirano a raggiungere una migliore condizione di benessere (Davis 2018). Questo è un punto che dovremmo tenere sempre presente quando discutiamo degli interventi che potrebbero permettere un allungamento della durata della vita. In fondo c'è qualcosa di più evidente del fatto che non vogliamo morire? Tuttavia, secondo Hauskeller, l'errore che qui si commette è di dedurre un desiderio di vivere per sempre da un desiderio di non morire: questa è la fallacia dell'immortalista. Lo spiega bene Adrian Moore (2006), quando afferma che c'è un gap logico tra "il volere sempre che qualcosa sia così e il volere che qualcosa sia sempre così" (p. 313). L'argomento "dimostra che non è affatto ovvio che dal nostro apprezzamento per l'essere in vita si possa dedurre che un'estensione della vita indefinita è desiderabile o almeno comunemente desiderata" (Hauskeller 2011, p. 388).

Naturalmente, e questo lo ammette anche Hauskeller, è più che legittimo porsi la domanda del perché non dovremmo avere il desiderio di vivere più a lungo o per sempre. La risposta più facile è che uno si immagina che più la vita si allunga più aumentino le malattie e gli acciacchi: pensiamo, ad esempio, al destino che è toccato agli Struldbrug, tra i protagonisti del romanzo di Swift, *I viaggi di Gulliver*, e prima ancora a Titano che pur avendo dono dell'immortalità, non ha quello dell'eterna giovinezza. È per questa ragione che Francis Fukuyama ritiene che la ricerca dell'immortalità abbia un lato oscuro: è vero che si sposta in avanti la morte, ma al 'caro' prezzo di vivere molti più anni segnati inevitabilmente dalla malattia e dalla sofferenza.

Del resto, secondo Fukuyama, la vita si allunga, più aumenteranno inevitabilmente i periodi in cui non avremmo la possibilità di avere una vita sociale appagante. La nostra vita, infatti, ha un senso, finché siamo inseriti all'interno di un contesto sociale produttivo e contribuiamo, come membri attivi, alla prosperità della comunità. Nel momento in cui, per sopraggiunti limiti di età, perdiamo questa condizione, indipendentemente dagli anni che ci restano da vivere, la vita non ha più senso: "Nella terza età qualcuno deciderà di lavorare, ma – scrive Fukuyama – l'obbligo al lavoro e al genere di rapporti sociali coatti che esso comporta sarà in larga parte sostituito da occupazioni gradite all'individuo. Chi si troverà nella quarta età non si riprodurrà, non lavorerà, e ricoprirà addirittura il ruolo di forte consumatore di risorse e beneficiario di obblighi sociali, senza corrispondere nulla in cambio. Questo non significa che le persone anziane diventeranno improvvisamente irresponsabili o sfaticate, ma piuttosto che la loro esistenza potrebbe risultare più vuota o più solitaria, dal momento che sono proprio gli obblighi sociali a rendere la vita di molte persone degna di essere vissuta. Quando il pensionamento viene considerato un breve periodo di riposo preceduto da una vita di lotte e di duro lavoro può sembrare un premio ben meritato, ma se si prolunga per venti o trent'anni senza che se ne veda la fine può apparire semplicemente privo di senso. E risulta anche difficile pensare come persone giunte all'ultima fase della propria esistenza possano considerare gioioso o ricco di soddisfazioni un prolungato periodo di dipendenza e di invalidità" (Fukuyama 2002, p. 64).

In realtà, come sostiene giustamente Hauskeller, affermare questo è fraintendere il progetto di coloro che sognano un'estensione della vita o l'immortalità: Aubrey de Grey, per esempio, intende fermare il processo dell'invecchiamento a 35 anni "o se uno ha già superato quell'età riportare indietro la sua vita biologica al periodo in cui probabilmente un essere umano ha la migliore condizione di salute e le maggiori disposizioni psico-fisiche" (Hauskeller 2011, p. 388).

L'obiettivo, cioè, non è la semplice preservazione della vita, ma la conservazione o il ripristino della giovinezza. Se vivere per sempre significasse vivere una vita come quella che immagina Fukuyama, di perenne senescenza, sarebbe normale provare un sentimento di ripugnanza o anche di preoccupazione per la 'fortuna' che ci aspetta. Vivere più a lungo significherebbe soltanto allungare le proprie sofferenze. Tuttavia, de Grey ha in mente altro: "un'estate senza fine di giovinezza letteralmente perpetua" (de Grey, Rae 2007, p. 335)

Alcuni filosofi, comunque, ritengono che una durata senza fine dell'esistenza impedirebbe necessariamente al soggetto di apprezzare, nel modo giusto, la propria vita. La morte o una condizione di mortalità, cioè, sarebbe la condizione necessaria per dare significato alle nostre esperienze e per dare il giusto valore sia alle cose che alle persone: "L'immortalità, ovverosia una condizione senza morte, sarebbe senza significato (...); così, si può affermare che la morte dà significato alla vita" (Williams 1973, p. 82). Una vita senza confini ci priverebbe dell'orizzonte di senso che oggi abbiamo perché non avremmo più bisogno di amare e di lottare, "saremmo qualcosa di completamente differente, che ha perduto qualcosa di essenziale all'essere umano" (Brown 2009, p. 192). Ci sono, cioè, cose che danno valore alla vita legate alla nostra finitezza, in quanto individui con capacità e disposizioni che presentano limiti e imperfezioni: "Suggerisco che vivere con la nostra finitezza e, quindi, accettandola è la condizione necessaria per godere di molte delle cose migliori nella vita umana" (Kass 2003, p. 25).

Perdiamo, pertanto, qualcosa di importante se miglioriamo le nostre disposizioni – dal gusto per l'impegno, alla naturale inclinazione ad apprezzare la bellezza delle cose, dalla capacità di essere virtuosi a quella di cogliere il significato delle cose e della vita – e guadagniamo soltanto una preoccupante tendenza all'omogeneizzazione e alla mediocrità, in quanto, avendo perso la vita significato, non avremmo più voglia di distinguerci: "L'omogeneizzazione, la mediocrità, la pacificazione, l'appagamento indotto dalla droghe, la trivialità dei gusti, un'anima senza amore e desiderio – afferma, Leon Kass in *La sfida della bioetica* – sono le inevitabili conseguenze dell'aver trasformato l'essenza della natura umana nell'ultimo progetto di dominio tecnologico" (Kass 2007, p. 76).

In altri termini, una vita senza fine sarebbe per il soggetto un'esperienza noiosa, un tedio infinito, perché annullerebbe per sempre la ricerca di un senso della vita. Non è un caso che in un saggio sul tema dell'immortalità, Bernard Williams ricordi il dramma di Karel Čapek in cui la protagonista, Elina Makropulos, all'età di più di trecento anni, non ha più qualcosa da provare: intorno a lei non c'è più niente che susciti la sua curiosità o che riscaldi il suo cuore, tutto le appare freddo (Marrone 2018, pp. 76-77). Elina ha vissuto a lungo: non le rimane più niente da scoprire: "Il suo problema era (...) la noia: una noia connessa al fatto che tutto ciò che poteva accadere e dare un senso a un essere umano di 42 anni le era già successo" (Williams 1973, p. 90). Elina Makropulos, conosciuta anche con il nome di Emilia Marty, alias Ellian Macgregor, ma anche un numero di altre persone, non era nata mortale: diventa immortale attraverso un elisir di lunga vita scoperto dal padre medico alchimista. Dato che non è più mortale, tutto diventa per lei "senza gioia: 'alla fine è lo stesso'. (...) Si rifiuta di riprendere l'elisir; lei muore; e la formula viene distrutta di proposito da una giovane donna tra le proteste di alcuni uomini più anziani" (Williams 1973, p. 82).

La vita di Makropolus, secondo Williams, ci insegna qualcosa di profondo intorno alla vita: che, cioè, la morte è qualcosa che ha valore non soltanto in una condizione di sofferenza, ma in generale, perché senza la morte la vita avrebbe meno senso.

Secondo John Harris il problema di Williams è che gli manca sufficiente immaginazione (Harris 2002, p. 86). Non riesce, cioè, a pensare che con una vita molto più lunga potremmo avere un numero di esperienze e opportunità molto più ampio. L'obiezione di Hauskeller è che la giovinezza è soprattutto una condizione mentale: un giorno potremmo anche riuscire a fermare i processi di invecchiamento del corpo e potremmo anche diventare capaci di riportare indietro gli 'orologi del tempo' (e anche riacquistare la condizione fisica che avevamo quando eravamo molto più giovani). Il problema che Harris non vede è che resteremmo comunque vecchi mentalmente: uno, cioè, scrive Hauskeller, non può essere innocente per sempre: "Non posso vivere nel mondo, accettarlo e impegnarmi in esso, ma non essere toccato da quello che accade, restare invariato, illeso, a meno che, forse, uno abbia qualche grave disabilità mentale" (Hauskeller 2011, p. 390).

Vivere un'eterna giovinezza è un ossimoro. Il passato fugge via e quando è fuggito è irreversibilmente perso: non si può, aggiunge Hauskeller, essere giovani per sempre perché il tempo passa, appunto scorre via, e le esperienze si accumulano. Se, di conseguenza, chi promuove il progetto dell'immortalità, sta pensando ad un'eterna giovinezza sia del corpo che della mente, qui ci può essere un problema. Secondo Hauskeller, cioè, ad Harris che accusa Williams di mancare di immaginazione si può rispondere dicendo che una vita più lunga può anche aprire nuovi scenari, ma le esperienze e i sentimenti che potremmo provare saranno sempre gli stessi. In altre parole, è "del tutto concepibile che potremmo stancarci di tutto questo, ad esempio di odiare, amare e prenderci cura di qualcosa" (Hauskeller 2011, p. 393). Inoltre, una vita più lunga non soltanto potrebbe svuotare di senso l'esistenza, ma, secondo Hauskeller, potrebbe togliere valore anche alle cose belle che abbiamo vissuto. Più, del resto, si ripete l'esperienza dell'amare, meno preziosa diventa la prima volta che hai amato: se tu diventi stanco di vedere cose belle e non sei più capace di vedere la bellezza, forse davanti a te non c'è mai stato qualcosa di veramente bello. "Vuoi veramente arrivare al punto in cui ti guardi indietro e trovi che non c'è proprio nulla che davvero interessi e che non c'era nulla di interessante o degno di essere vissuto?" (Hauskeller 2011, p. 398). Anche la sete della conoscenza, poi, non è insaziabile.

È vero che il contesto può cambiare e possono cambiare anche gli attori con cui noi interagiamo, ma comunque noi saremmo sempre gli stessi e di conseguenza, dopo un certo numero di esperienze, non ci sarebbe più nulla di nuovo ed originale da scoprire. Dato che saremo sempre gli stessi non saremo più capaci anche soltanto di immaginare di poter vivere qualcosa di diverso da una ripetizione delle passate esperienze. Dopo un po' uno smette di guardare al mondo con "occhi freschi", in quanto si ha l'impressione di avere visto già tutto quello che c'è da vedere (Kass 2004, p. 318): "è possibile che esista una soglia per ognuno di noi, che naturalmente ammette delle variazioni individuali, oltre la quale noi cadiamo vittima della mancanza di coraggio che descrive Kass, quando poco ci sorprende e nulla ci sconvolge più" (Hauskeller 2011, p. 396). Inoltre, il problema è che si potrebbe arrivare ad punto in cui ormai ne abbiamo abbastanza non tanto del mondo quanto di noi stessi (Williams 1973, p, 100).

Una singola persona, del resto, non potrebbe vivere due o più 'intere' vite, in quanto non soltanto bisogna ancora trovare una persona che è capace di distinguersi in campi differenti, ma non puoi nemmeno spendere una vita intera in una attività e poi pianificare di passare ad altro pensando di poter controllare le tue motivazioni. Mentre fai i tuoi progetti, il tuo interesse per una nuova vita potrebbe scemare. La vita che facciamo, poi, è strettamente legata a certi valori e ad un particolare stile di vita: non possiamo seguirla e poi scegliere di riporla come fosse un vestito. È, cioè, ingenuo pensare che noi possiamo sempre iniziare a vivere una nuova esistenza: "Noi non possiamo iniziare da zero, a meno che, noi stiamo volendo completamente cancellare il passato che abbiamo accumulato" (Hauskeller 2011, p. 401). Peter Pan può vivere un'eterna giovinezza, ma soltanto perché ha una memoria corta.

Tuttavia, come scrive Baccarini, è un errore pensare che la nostra creatività sia limitata: alle volte non cambiamo vita soltanto perché pensiamo di non avere tempo (Baccarini, p. 84). Williams afferma che i desideri categorici (*categorial desires*), quelli che, cioè, ci danno una ragione per continuare a vivere perché sono rivolti al futuro, sono destinati piano piano a spegnersi in una vita che può continuare all'infinito. Tuttavia, "anche in una vita immortale potrebbero emergere situazioni nuove e, all'interno di questi nuovi scenari, persone che sembrano aver esaurito tutti i loro desideri categorici possono formarne di nuovi senza cambiare alcun carattere essenziale della loro personalità" (Bortolotto, Nagasawa 2009, p. 267; Wisnewski 2005, pp. 27-36).

Ci sono poi, desideri categoriali che è difficile che possano consumarsi nel tempo, perché richiedono un'attività di ricerca e di esplorazione che non può avere una fine o che può consumarsi soltanto in un tempo abbastanza lungo (Levy 2005). Data, cioè, la natura di alcuni desideri categorici (quelle che Levy chiama 'attività aperte') ed il fatto che si possono avere esperienze simili ma non identiche a esperienze precedentemente apprezzate, una vita immortale può essere ancora, contrariamente a quanto pensa Williams, una vita interessante (Bertolotti, Nagasawa 2009, p. 267). Inoltre, è difficile, come scrive Baccarini, che si possa arrivare ad un punto in cui uno è stanco di aggiungere ulteriori capitoli alla propria biografia, in quanto le esperienze che faccio sono comunque destinate a cambiare il mio carattere. La vita di Elina Makropolus diventa insopportabile perché appare essere sempre la stessa: "tuttavia – come si domanda anche Williams – come può rimanere sempre la stessa, passando per una serie molto varia di esperienze? Le esperienze devono sicuramente accaderle ma senza realmente avere una qualche influenza su di lei; dev'essere (...) distaccata e ritirata da quello che accade (Williams 1973, p. 90)". Tuttavia, gli interessi di una persona cambiano nel tempo perché anche il suo carattere cambia: non è vero, pertanto, che più passano gli anni più la vita diventa una ripetizione, al contrario le esperienze e le emozioni cambiano perché cambiano gli interessi. Si scoprono cose della vita e del mondo che prima si ignoravano completamente e questa competenza sempre maggiore può allargare la propria sensibilità. Non stiamo parlando, del resto, dell'immortalità di vivere in un polmone d'acciaio, ma della possibilità di vivere la vita con piena soddisfazione fisica e psicologica. Inoltre, con l'andare degli anni, una persona con una vita lunghissima o senza fine potrebbe acquisire la giusta esperienza che le permette di vivere "con una profondità tale da unire il sapore della giovinezza con l'esperienza della maturità" (Marrone 2018, p. 77). Forse un eccesso di memoria è incompatibile con la felicità, ma con una memoria selettiva è ancora possibile vivere certe esperienze come la prima volta. Makropolus prende le distanze dalla vita non perché una vita indefinitamente lunga perda qualsiasi significato ma perché, a differenza di lei, le altre persone muoiono: Elina, cioè, non vuole più soffrire, vederle andar via mentre lei continua a vivere. È vero che non si cura "del benessere dei suoi figli (non riesce nemmeno a ricordare quanti ne ha) e sembra indifferente alle molte dichiarazioni d'amore che riceve, trattando i suoi pretendenti con disprezzo. Altri personaggi del dramma la accusano di non essere in grado di amare e di essere 'fredda come un cadavere'" (Bortolotti, Nagasawa 2009, p. 263). Ma questa freddezza nei confronti delle altre persone e del mondo dipende anche dal fatto che non può condividere il suo segreto con nessuno: le cose sarebbero molto diverse se anche le persone intorno a lei fossero immortali.

Naturalmente possiamo sempre chiederci perché una persona dovrebbe avere il desiderio di sviluppare un carattere diverso ovverosia di liberarsi del suo proprio carattere. La vera libertà, sostiene Williams, non sta nel rendersi indipendente dal proprio carattere ma nella capacità di svilupparlo in una direzione coerente con se stessi. A questa critica però si può rispondere: la nostra personalità, infatti, guarda in avanti e nella nostra vita possiamo coltivare una gamma, senza fine, di aspirazioni ed obiettivi che la durata attuale della vita non permette di realizzare (Baccarini, 2008, p. 85). Tuttavia, secondo Williams, il problema qui è la difficoltà per una persona immortale di essere capace simpatizzare con la serie di persone future che non gli corrispondono fedelmente e farle oggetto dei suoi interessi e delle sue speranze presenti. Attraverso cioè lo sviluppo un numero indefinito di esistenze future, ognuna con un suo particolare carattere e stile di vita, il soggetto potrebbe essere in grado di evitare quella forma di distacco dalla vita che segna invece l'esistenza di Eline Makropolus. Ma sarebbe difficile descrivere questo scenario come una forma di sopravvivenza, in quanto i suoi 'io futuri" gli apparirebbero come persone diverse. "Il problema – scrive Williams – rimane se questa serie di vite psicologicamente disgiunte potrebbe essere un oggetto di speranza per chi non voleva morire" (Williams 1973, p. 92). Dato, cioè, che davanti a lui ci sarebbe ancora qualcuno con il suo stesso, ed identico corpo potrebbe anche riuscire con facilità a preoccuparsi delle sue sofferenze: tuttavia, per quale ragione dovrebbe prendersi a cuore le sue ambizioni o i suoi progetti? Secondo Williams, in altri termini, si può anche ammettere che una vita molto più lunga non precluda, a causa dei cambiamenti del carattere, la possibilità di nuove esperienze: il punto è che i cambiamenti del carattere cambiano anche l'identità personale (o influenzano comunque il modo in cui io percepisco la mia identità nel tempo). Epicuro qui può aiutare perché si potrebbe dire che quando ci siamo noi i miei 'io futuri' non ci sono ancora e quando, invece, gli 'io futuri' ci sono noi non ci siamo più. Anche se, cioè, ipotizziamo che una vita eterna non sarebbe necessariamente noiosa, non avremmo ragioni oggettive per desiderare di vivere più a lungo o per sempre. Un essere immortale, pertanto, conclude Williams, può evitare la noia soltanto in un modo: estendendo la propria vita in un numero indefinito di vite disgiunte: ma "questo non conterebbe come la vera sopravvivenza della stessa persona" (Bortolotti, Nagasawa 2009, p. 265).

Williams ha ragione: l'immedesimazione con i propri io futuri potrebbe essere difficile se ipotizziamo che essi abbiano vite completamente disgiunte dai nostri 'io presenti': un tipo di carattere, ad esempio, che non abbiamo minimamente programmato e che riguarderà soggetti che vivranno centinaia o migliaia di anni dopo di noi. Tuttavia, questo non significa che sia sempre impossibile immedesimarsi e simpatizzare con 'io futuri' che presentano un carattere molto diverso dal nostro 'io presente'. In fondo, alcune persone dedicano una parte, anche importante, della loro vita, ponendosi l'obiettivo di modificare le disposizioni e le abitudini meno apprezzabili, all'interno di un percorso di formazione che punta a correggere il carattere. In questi casi, il fatto che l'io futuro si presenti o venga immaginato come una persona diversa non impedisce alle persone di provare un interesse nei suoi confronti. Se, infatti, fosse difficile oppure impossibile immaginarlo come diverso dall'io presente – perché ad esempio il carattere ha raggiunto livelli di corruzione troppo profondi e manca qualsiasi motivazione o desiderio di sviluppare un'altra personalità – esse forse avrebbero un atteggiamento più distaccato nei confronti della vita. Questo argomento non dimostra ancora che l'immortalità sarebbe desiderabile per chiunque, ma che almeno un certo numero di persone potrebbe desiderarla, anche a prescindere dalla presenza di una continuità psicologia con il proprio 'io futuro' (Temkin 2008, p. 198). Inoltre, anche se in certi casi non riusciremo a immedesimarci con i nostri 'io futuri' – perché sono troppo lontani nel tempo e non è semplice immaginare il loro carattere – noi, comunque, potremmo desiderare di continuare a vivere, perché, ad esempio, sentiamo un affetto nei loro confronti e vogliamo siano felici. Forse non possiamo considerarli parte o una chiara evoluzione della nostra identità, ma essi nascono dalle nostre esperienze e portano testimonianza delle nostre biografie (attraverso, poi, video, fotografie e Facebook essi potranno ricordarsi di 'noi'): potrebbe bastare questo per sentire nei loro confronti una qualche responsabilità. Il punto diventa più chiaro se pensiamo alle persone a cui vogliamo bene: "Posso avere un forte interesse personale nella sopravvivenza dei miei figli e nipoti anche se le loro identità sono diverse dalle mie. So che questi sono sé successivi e diversi ma ho un interesse per la loro esistenza e per il loro benessere attraverso quell'esistenza. Nessun argomento ha o potrebbe mostrare l'irrazionalità di voler essere Matusalemme anche se Matusalemme è una successione di sé e non una singola identità personale" (Harris 2002, p. 84).

Anche se ammettiamo, comunque, che una durata senza fine della vita sia desiderabile, si potrebbe ancora sostenere che è sbagliato rendere le persone immortali, perché più la vita media si allunga meno siamo capaci di affrontare l'evoluzione (Gyngell 2015, p. 2). Il problema è il rallentamento del ricambio generazionale perché non ci sarebbe più spazio per nuovi esseri umani o la loro nascita sarebbe consentita soltanto per sostituire quelle che nel frattempo muoiono in incidenti o vengono uccise (Harris 2007). La popolazione è capace di adattarsi ai cambiamenti perché attraverso la riproduzione (a prescindere da se sia sessuale o assistita) ogni nuova generazione ricombina l'informazione genetica esistente in nuove combinazioni (Gyngell 2015, p. 2). Fermare la ricombinazione genetica darebbe una vantaggio considerevole ai parassiti che nel tempo sarebbero in grado di trovare varianti capaci di colpirci (Agar 2010, p. 124). Tuttavia, secondo Gyngell, una possibile soluzione c'è, in quanto l'evoluzione biologica potrebbe essere promossa attraverso l'editing genetico (Gyngell 2015, p. 6). Gli interventi di modifica del patrimonio genetico dovrebbero essere naturalmente praticati non sulla linea germinale (cioè sui gameti o sugli embrioni), ma sulla linea somatica, in quanto andrebbero a cambiare il genoma di individui già esistenti. Al momento non è semplice modificare il DNA di tutte le cellule di un individuo: si potrebbe, però, conferire agli esseri umani una maggiore resistenza a virus anche modificando una piccola percentuale di cellule o apportando cambiamenti graduali. Rimane, comunque, un problema: persone in grado di vivere per centinaia e centinaia di anni o immortali saranno ancora capaci di cambiare nel tempo le proprie idee? La questione non è di secondaria importanza, perché, al contrario dei bambini, le persone più avanti negli anni sono quelle meno disponibili a guardare criticamente e mettere in discussione le loro credenze sul mondo e sulla vita e acquisire nuove concezioni. Se a questo aggiungiamo che, in un mondo dove non c'è il ricambio generazionale, la possibilità che avvengano cambiamenti culturali dovuti ad errori nella trasmissione della cultura è probabilmente minima, c'è il rischio concreto che un allungamento della vita possa avere, a lungo termine, come effetto una stagnazione culturale. Le conseguenze per le persone potrebbero essere importanti perché una stagnazione culturale incrementa per la specie il rischio di estinzione, in quanto le persone sarebbero meno capaci di immaginare soluzioni originali ai problemi che si presentano. Inoltre, anche il benessere individuale sarebbe a rischio, in quanto circolerebbero meno idee nuove e di conseguenza sarebbe più difficile respirare aria fresca. Anche il progresso scientifico e morale, infine, potrebbero rallentare (o addirittura arrestarsi) perché le nuove idee come diceva il fisico tedesco Max Planck non si affermano perché uno riesce a convincere i suoi oppositori, ma perché i suoi oppositori muoiono (Gyngell 2015, p. 10). Dovessimo, cioè, fermare l'invecchiamento e la morte, la nostra popolazione sarebbe composta interamente di individui con credenze radicate che avrebbero difficoltà a riconsiderare o cambiare (Gyngell 2015, p. 14).

È comunque difficile prevedere quali potrebbero essere le conseguenze a livello sociale. Con una vita molto più lunga, le persone potrebbero aver voglia di sperimentare situazioni nuove e anche provare a cambiare periodicamente le loro abitudini. Inoltre, la possibilità di intraprendere nuovi percorsi professionali o di crescita potrebbe permettere alle persone di valutare con maggiore oggettività le loro idee. Persone di questo tipo potrebbero avere una capacità maggiore della nostra di considerare le cose da prospettive diverse e essere anche più abituati al confronto e al cambiamento. Ancora più difficile, poi, è provare a prevedere le relazioni tra generazioni. Alcuni ritengono che con l'allungamento della durata media della vita, si aprano le porte ad una società profondamente divisa in "classi" dove le persone più anziane, in considerazione delle competenze e dei ruoli professionali che hanno acquisito, non daranno alle più giovani la possibilità di godere delle loro stesse opportunità. Il timore è che per i più giovani possa essere difficile realizzarsi nelle professioni e nella società, in quanto i più anziani – che hanno avuto il tempo e l'occasione per affermarsi – potrebbero non avere alcuna voglia di mettersi da parte. Finora la durata breve della vita e la difficoltà di mantenere le stesse capacità nel tempo, al sopraggiungere dell'invecchiamento, non permetteva ad una generazione di esercitare un potere troppo forte nei confronti di quelle successive (Fukuyama 2002, p. 63). La situazione cambia radicalmente nel momento in cui le persone potranno lavorare senza problemi anche a cent'anni o, con lo sviluppo biotecnologico, anche oltre. In questo caso, i giovani avranno sempre meno possibilità di prendere il posto dei vecchi: "Nelle società più democratiche e/o più meritocratiche esistono meccanismi istituzionali che consentono la rimozione di capi, leader e amministratori delegati per raggiunti limiti d'età, ma i termini della questione non cambiano. Il problema fondamentale è il fatto che le persone che si trovano in cima a una gerarchia sociale (...) spesso fanno uso della propria notevole influenza per proteggerlo. È difficile che qualcuno più giovane prenda l'iniziativa di rimuovere un leader, un capo, un campione dello sport, un professore o un membro del consiglio di amministrazione, almeno fino a quando l'età non ne abbia deteriorato notevolmente le capacità" (Fukuyama 2002, p. 63).

Tuttavia, altri sono convinti che lo sviluppo delle tecnologie di potenziamento, ed in particolare il ricorso sempre più frequente alle tecniche di 'potenziamento genetico', assicurerà alle generazioni più giovani un vantaggio rispetto a quelle più vecchie che saranno condannate ad avere capacità sempre più obsolete (Sparrow 2019). Secondo loro, le nuove generazioni potranno contare su tecnologie molto più avanzate e, di conseguenza, su miglioramenti che alle generazioni precedenti erano preclusi. "Se gli interventi genetici che possono essere scelti dai genitori per i loro figli migliorano ogni anno, – scrive Sparrow – i 'potenziamenti' forniti ai bambini in un determinato anno diventeranno rapidamente obsoleti. I bambini concepiti nel 2035, per esempio, nasceranno con caratteristiche genetiche significativamente migliori rispetto ai bambini concepiti nel 2030. E i bambini concepiti nel 2040 avranno un genoma ancora migliore. Gli interventi praticati da una generazione saranno resi obsoleti dalla successiva" (Sparrow 2019, p. 8). Inoltre, è legittimo chiedersi se – in un mondo dove le persone sono immortali o quasi – il 'ricambio generazionale' sarà ancora qualcosa di possibile o comunque accettabile. Se le persone immortali continueranno a mettere al mondo bambini, in breve tempo la crescita demografica potrebbe diventare insostenibile e avere come conseguenza un impoverimento delle risorse del pianeta e una crisi ambientale drammatica. Chiedere ai più vecchi di sacrificarsi per gli altri sarebbe una forma di discriminazione, in quanto sarebbero penalizzati soltanto per gli anni che hanno vissuto: per altro, non sarebbe semplice calcolare a quanti anni una persona avrebbe diritto. Una soluzione più giusta potrebbe essere quella di non far nascere più altre persone o permettere la loro nascita soltanto quanto la popolazione diminuisce (Cutas, Harris, 2007). In alternativa, si potrebbero tassare le persone che desiderano avere dei figli o consentire loro di avere un secondo figlio soltanto se il primo è mortale (Harris 2002, p. 75). Del resto, se ipotizziamo che possiamo estendere la durata della vita, perché il diritto a riprodursi dovrebbe prevalere su quello a vivere più a lungo (Baccarini, p. 89)? L'interesse a vivere in genere è molto più forte di quello a riprodursi: inoltre, perdere una persona è un qualcosa di tragico e per niente comparabile al fatto di non poter vivere l'esperienza della genitorialità (Cutas, Harris 2007, p. 799). Le generazioni future, poi, non possono essere danneggiate dal non nascere, in quanto prima di venire al mondo non esistono e non possiamo privarle di alcunché. «Anche se accettiamo il fatto che l'estensione della vita crea un'ampia gamma di difficoltà (più sovrappopolazione, maggiori tasse, più oneri per le loro famiglie e sistemi di assistenza sanitarie, una disoccupazione più alta, ecc., la probabilità delle quali è ancora da stabilire), non segue che i vecchi abbiano qualche genere di dovere di accettare la loro morte senza combattere» (Cutas, Harris, 2007, p. 798; Overal 2003). Secondo Cutas ed Harris, possiamo anche spingerci oltre questa conclusione: se è vero, infatti, che le persone hanno un diritto alla vita, allora non dovremmo impedirgli, e se possibile dovrebbero garantirgli, l'accesso al trattamento che gli consentirebbe di ottenere una vita più lunga e, in ultima analisi, anche l'immortalità.

Per altro, chi volesse provare l'esperienza della genitorialità, il piacere di allevare un figlio e vederlo crescere potrebbe pur sempre acquistare un bambino robotico. Forse un bambino robotico non potrà mai prendere il posto di un figlio 'naturale', ma le generazioni future potrebbero comunque costruire con lui relazioni importanti, in quanto gli esseri umani sono capaci di simpatizzare anche con le macchine. Già oggi le persone che interagiscono con i robot quotidianamente (per esempio, nell'ambito della cura, dove essi sono usati per l'intrattenimento e l'assistenza) subiscono la stessa infatuazione che sperimentano i bambini con i loro giocattoli. Loro sanno benissimo che i robot con cui interagiscono non sono esseri viventi – perché, ad esempio, vogliono sapere come vengono prodotti e come funzionano – e tuttavia li trattano come fossero qualcosa di più che delle semplici macchine. Non soltanto danno loro un nome, ma ci parlano anche e prendono in considerazione che cosa, secondo loro, essi pensano, vogliono e sentono (Coeckelberg 2010, p. 4). Domani provare affetto per un robot potrebbe diventare anche più 'normale'. La cosa può sembrare irragionevole, ma la creazione di una discendenza artificiale, sufficientemente intelligente, potrebbe rendere le nostre vite ancora più ricche, in quanto i robot avranno capacità cognitive superiori e non saranno fragili (Danaher 2018).

È vero, però, che anche se ammettiamo che il diritto fondamentale alla vita implichi il diritto ad una vita più lunga e, se questo fosse possibile, anche all'immortalità, potrebbero non esserci le risorse per garantire a tutti questa condizione. In questo caso, soltanto le persone economicamente più fortunate avrebbero una vita più lunga, le altre, invece, dovrebbero accontentarsi di vivere meno – quanto meno? La differenza potrebbe essere soltanto di qualche anno, di centinaia di anni ma anche di ere – in quanto esse non potrebbero permettersi di pagare le 'terapie di estensione della vita'. Inoltre, anche se nei paesi più ricchi tale trattamento fosse accessibile a tutti i cittadini, la distanza tra paesi ricchi e poveri potrebbe diventare maggiore di quella attuale, in quanto chi nasce in quelli poveri sarebbe condannato ad una vita più breve. Questo potrebbe portare ad un aumento impressionante degli esodi – in quanto masse di persone cercherebbero giustamente di garantire a sé e ai propri figli una vita migliore –, a una recrudescenza dei fenomeni di razzismo e a maggiori conflitti sociali. Tuttavia, la soluzione a questi problemi non può essere la sospensione o la cessazione di qualsiasi ricerca finalizzata allo sviluppo di 'terapie di estensione della vita' o, una volta che esse sono state trovate, il divieto di impiegarle nella pratica clinica quotidiana.

Innanzi tutto, è difficile che queste misure possano avere una qualche minima efficacia – non saranno i divieti che scoraggeranno le persone che vogliono vivere più a lungo o raggiungere l'immortalità a ricercare trattamenti che allungano la vita. Inoltre, nella maggior parte dei casi l'allungamento della vita sarà una conseguenza indiretta di trattamenti finalizzati a curare o prevenire importanti patologie: c'è, pertanto, soltanto un modo per evitare che le persone possano vivere sempre più a lungo, vietare o comunque limitare fortemente l'accesso a trattamenti terapeutici. In altre parole, dovremmo rinunciare alla medicina, ma questo sarebbe assurdo, oltre che sbagliato: la vita di qualsiasi persona infatti peggiorerebbe drammaticamente, non soltanto in termini di durata media ma anche di qualità della vita. Le conseguenze, poi, per l'economia ed altri ambiti della vita sono facilmente immaginabili, in quanto ci sarebbe una fiducia minore nel domani e probabilmente una minore propensione ad affrontare situazioni poco sicure o impegnarsi in attività rischiose. Con questo non vogliamo affermare che dovremmo rassegnarci al rischio che soltanto un piccolo numero di persone possa avere una vita più lunga o aspirare all'immortalità. È vero che sarebbe ingiusto privare alcune persone della possibilità di vivere più a lungo soltanto perché non si può rendere tutti immortali (Cutas, Harris 2007, p. 71). Tuttavia, le terapie di estensione della vita devono essere accessibili a tutti, in quanto ogni persona contribuisce, sulla base delle sue capacità e direttamente o indirettamente, al benessere della società ed al suo progresso scientifico e tecnologico.

Nel diritto alla salute – che comprende una pluralità di diritti quale, ad esempio, il diritto all'integrità psico-fisica, quello ad un ambiente salubre, il diritto alle prestazioni sanitarie e, in mancanza di risorse economiche, anche il diritto alle cure gratuite – domani dovrà essere incluso anche il diritto alle terapie di allungamento della vita.

Noi rifiutiamo, pertanto, l'idea che la mortalità sia la condizione che dà significato alle nostre vite: la nostra vita sarebbe molto più bella se fosse possibile intraprendere una professione, ognuno può scegliere quella più confacente alla propria personalità, avere il tempo di migliorarsi, raggiungere nel proprio campo anche l'eccellenza e poi cambiare strada, virare improvvisamente alla ricerca di nuovi sentieri. Ad esempio, si potrebbe partire dalla filosofia, che è sicuramente una disciplina interessante, ma poi dopo un certo numero di secoli potrebbe arrivare il momento di passare alla musica, per ritornare poi allo studio della conoscenza, dopo essersi dedicati alla medicina, alla matematica, all'astrologia, all'ingegneria e all'architettura. L'immortalità o un allungamento significativo della vita ci permetterebbe di modellare la nostra personalità nella direzione che riteniamo migliore, coltivando le disposizioni più apprezzabili e correggendo quelle più disprezzabili. Avremmo il tempo di imparare dai nostri errori, di cambiare il nostro comportamento, di costruire relazioni con le persone molto più appaganti e soddisfacenti: potremmo imparare a confrontarci con i nostri sentimenti, a gestire le nostre paure, a spegnere la nostra rabbia, ad aver fiducia negli agli ed lasciarci andare all'amore. L'essere mortali non costituisce la condizione, ma un ostacolo per la nostra umanità: è il fatto di essere destinati a morire, di avere i giorni contati e una vita che sembra consumarsi in un attimo che ci impedisce di apprezzare la sua bellezza e la sua unicità.

Gli autori

Francesco Verso (Bologna, 1973) I suoi romanzi includono: *Antidoti umani*, *e-Doll* (premio Urania 2009), *Livido* (premio Odissea e premio Italia 2014), *Bloodbusters* (premio Urania 2015) e *I camminatori* composto da *I Pulldogs* e *No/Mad/Land*. Suoi racconti sono apparsi su riviste europee, americane e cinesi. Vive a Roma con la moglie Elena e la figlia Sofia.

Francesco Mantovani (Roma, 1971). Ha pubblicato il racconto *Una su tredici milioni e passa* sull'antologia SpaceWave (Fanucci), *Libera Nos a Vita* su N.A.S.F.2 (Nuovi Autori) e *Carcasse dello Spazio Profondo* su N.A.S.F.7 (Nuovi Autori). Ha scritto anche una raccolta di racconti per bambini: *Le storie della scimmia saggia*. Co-fondatore di Future Fiction, è Chief Augmentation Officer della collana. Legge e scrive rigorosamente nel tempo libero: di notte.

Maurizio Balistreri è ricercatore di filosofia morale presso il Dipartimento di Filosofia e Scienze dell'Educazione, Università di Torino. È autore di *Etica e clonazione umana* (Guerini e Associati 2004), *Etica e romanzi* (Le Lettere, 2010), *Superumani: etica ed enhancement* (Espress edizioni 2011, 2020), *La clonazione umana prima di Dolly* (Mimesis 2015) *Il futuro della riproduzione umana* (Fandango 2016) e *Sex robot. L'amore al tempo delle macchine* (Fandango 2018) ed è tra gli autori di *Biotecnologie. Modificazioni genetiche* (Mulino, 2020)

iMate

by Francesco Verso and Francesco Mantovani

with an essay by Maurizio Balistreri

While translating "iMate" and studying translation with Professor Saiber, I first prioritized fidelity to the Italian written by Francesco Verso and Francesco Mantovani. I wanted to focus more on fidelity to the original text and the way it was written and less on creating certain effects or resonance in English through re-elaborating the original. Thus, my translation is more literal, but I gave attention to making the writing sound idiomatic in English. In certain scientific or legal passages, though, I took special attention to maintain the intricate nature of the text but make it still intelligible in English.

I was lucky to have Professor Saiber to help with tricky Italian passages. Throughout this process, I was also in contact with Francesco Verso, who was able to clarify difficult passages, either for the science fiction content or for syntax. I found that SF can be challenging to translate at times: confusing passages to understand syntactically were sometimes made more difficult by novums and technology invented by the authors with which I was unfamiliar. Thankfully, Francesco was able to explain technology and the world of Janna Toeissen.

While translating SF poses different challenges related to genre, I also found that the type of attention it required as a result encouraged me to immerse myself in Janna's world and think about how technology looks and is used in the story. This story was also interesting to translate because of plays on gender and what it means to be human. Linguistically, this is perhaps more interesting and nuanced in Italian than in English because words have genders and agents of different actions can sometimes be unclear or omitted.

I took liberty in treating one new technology in the story. In the original Italian, every time Janna touches her fingers together to accept or reject a connection through her keylog, the acceptance or refusal is noted through describing her fingers coming together. While in Italian there are specific words for each finger, I found that the English "index finger" and "pointer finger" became cumbersome each time they were repeated. In translating, I was precise the first time the technology was introduced, but in subsequent mentions I'd either say that she accepted with her fingers or, more simply, that she accepted the connection.

Michael Colbert

iMate

by Francesco Verso and Francesco Mantovani

translation by Michael Colbert

Living

The moving walkway leading to the exit of Capodichino Airport is full of people, so Janna decides to walk. Groups of distracted tourists, followed by gyroscopic bags and herds of scurrying luggage, bump into busy businessmen and crowd around informative avatars. From the corridor's animated walls appear holograms of neomelodic singers armed with guitars, and *rapsters* in tough guy poses–presences that increase the cubic density beyond the tolerance threshold.

While Janna walks, her back muscles ache, lingering pain from the accident that she still feels years later: nanites release mild anti-inflammatories into her bloodstream. They will make her feel better in a few minutes.

Among the ranks of yellow and green flags of the Mediterranean Consortium, Janna steps through the scanner just before the airport's exit; her keylog automatically connects to the police database, and the device emits a reassuring green.

Outside, the stink of asphalt, which has just been poured over the street's potholes by old maintenance equipment, mixes with the odor of mozzarella sold by peddlers directly from racks on their mountain bikes. At times, airport surveillance drones chase them away, but the street hawkers hustle three-hundred meters, turn a corner, and wait to check the time of the next fly-over. They set out again, singing praise to the freshness of their cheese products.

While waiting at the illuminated taxi stand, Janna receives her first message from Eskin: [*Hopkins in Baltimore posted a job: five-year contract. Please look at it.*]

Her impulse would be to reply, with sarcasm: *Did you land, my love? Did the flight go well?* Instead, she limits herself to a more direct response: [*You really know how to be insensitive at times.*]

[*You're just nervous for the interview, and rightfully so. You know how badly we need the money. If you don't find a job, we'll be in trouble.*]

The REPLY button stays suspended in the left corner of her vision until Janna selects it, touching her index finger to her right thumb. [*I know. Are you doing better?*]

[*Not much. This treatment cycle isn't going well. I made an appointment with a specialist for tomorrow morning. Arianna's at the house today.*]

[*Well, at least you won't be alone. I'm waiting for a taxi. I'll call you later.*]

She moves up two places in line and receives another message.

Arianna: [*Hey blondie, you know I'm thinking of you! I'm taking care of my brother today; I brought my violin and am keeping him calm. Give the interview your all, and don't forget to try the pizza. When you're done, I want to know what a real Neapolitan pizza tastes like!*]

Janna imagines the scene: Arianna playing her neuroactive musical instrument to alleviate Eskin's suffering, and Eskin trying to relax, focusing on something peaceful and harmonious, such as the *Prelude to Suite no. 1* by Bach, or a fast and melodic piece like Saint-Saëns' *Danse Macabre*. More and more often in the last few months, music has been succeeding where medicine failed.

Screeching brakes wake her from her daydream. Janna notes a white BMW parked in the second lane, between the taxi stand and the strip reserved for personal cars: a boy who hardly seems old enough to drive gets out. With cartoonish gestures he invites Janna to get in.

According to the keylog there are thirty-two people waiting at the taxi stand: way too many. Janna verifies the credentials of the vehicle and driver on the police app: LifeTech sent them. As soon as she accepts the ride, waiting passengers seer their angry gazes into her back.

Before entering the car, Janna looks upward in search of something on the horizon. "Where's Vesuvius?"

"Not there, miss. It's in the other direction," he gestures the opposite way from her gaze, "behind the skyscrapers of San Giorgio a Cremano."

Her view is blocked by an enormous wall under construction, hundreds of floors tall. When the driver leaves, Janna resigns herself to the monotony of the buildings, barely different from those in Stockholm.

As Janna enters the building, her keylog informs her: [*LifeTech requires access to your personal info*]. With a touch of her thumb and index finger she accepts the connection. Once she arrives at the welcome desk, her keylog puts an illuminated purple hat on the head of the hostess charged with helping her.

"Good morning, Janna. Welcome to LifeTech. Your host, David Medina Fernandez, will come get you soon. In the meantime, please make yourself comfortable in our waiting room over there."

The hat disappears and Janna walks toward the right, guided by a contrail of luminous points that dissolve before she can pass them.

In the waiting room, a crystal wall frames a view of the Gulf of Naples. She'd admired it before online and in videos.

She knew that seeing it in person would be amazing. Instead this version had been retouched to appear meteorologically perfect.

LifeTech's ads roll by on the opposite wall: a family in pajamas shows their teeth whitened by nano-bristles embedded in their toothbrushes; a forty-something man jogs on a tropical beach with a personal trainer projected to his side; and finally Janna herself, captured by the room's cameras, sips a coffee in an ad for an espresso machine. She looks around and takes advantage of the opportunity to adjust her dress.

Being here in person makes her nervous. Holopresence is the norm in both interviews and most business relationships, and people everywhere use avatars and holograms for meetings at any hour of the day or night without leaving home. Janna prefers using holograms because she considers avatars childish. Besides, interviewing as an avatar could make you seem insecure. At least that's what EmpApp, the empathetic support app, suggests. In any case, global companies like LifeTech love making an impression. The fact that they paid for her flight from Stockholm was an obvious, yet much appreciated, way to emphasize, *"we want you."*

The keylog flashes red [*Do you have to find a way to blame your nerves on someone else?*]

Janna hasn't traveled much since the accident, and this trek to Naples marks her first time leaving Sweden since then. The keylog indicates that her vitals are abnormal and suggests the release of a bland tranquilizer. Janna denies, pressing her middle finger to her thumb.

The accident is only a memory. The coma too. Now she's okay. She remembers, walks, reads and speaks correctly. The statistics reassure her that another train accident will never happen to her again in her lifetime. So when LifeTech's motto *"Live long and prosper"* appears on the *wallorama*, Janna faints. The world of fluctuating statistics shuts down and she sags into the couch.

When she wakes, she finds an elegant man smiling at her. Her keylog reconnects and recognizes him: David Medina Fernandez, forty-seven years old, married without kids, has a cat, is a fan of FC Barcelona, has worked at LifeTech for three years. His wife is cute; younger than him. *Headhunter* appears on his profile.

"How are you, Janna?'

Janna sits up but then hops to her feet.

"I'm sorry. I don't know what came over me."

"*No pasa nada*, it must have been the air conditioning or an allergy to the local pollen. Or maybe you were just tired from the trip."

The two find themselves face to face, and David, out of habit, takes a step backwards when Janna extends a hand that remains suspended in air. After a moment, she withdraws it, embarrassed.

"I imagine this a gesture still used by academics. In the business world, we don't use it anymore. You'll adapt."

Indeed, it would be useless, even foolish, for two holograms to shake hands, a formality that had become almost obsolete even in person.

"Come with me. Let's go upstairs."

Janna follows David into an oval elevator with walls covered in electronic ink that, during their ascent, creates a pleasant panorama of the Alps and an animation of *Kebnekaise* in Sweden, where she spent a part of her summer vacations.

They don't speak. It's likely that David is watching trailers for his favorite movies or a home video: keylogs connect to the *wallorama* to show users their favorite scenery with or without commercials, based on whether or not they use the free version of the application. Eskin is convinced that many businessmen use these moments to enjoy some porn. Since David is clearly Spanish, Eskin's theory might hold.

Eskin is a good person, but his prejudices have been worsened by the time he's had to spend at home with his illness. There was a time when he traveled around Europe, organizing concerts and assembling sets. He was more open and easygoing then. Now he's constrained to offering his services online, paying contractors to do the manual labor. His business has felt the consequences, and so has he. Eskin has Huntington's Disease. Perhaps knowing his fate has made him cynical and disillusioned. Unfortunately, Janna doesn't remember much from the times when he was young and cheerful. The majority of those memories were lost in her coma.

Unfortunately, Eskin's cruelty is rapidly increasing. Last week he asked Janna to use a highly provocative avatar for an interview with a high-tech French company. Their ensuing "discussion" was so intense that it made her want to flee the house. Sure, finding a job is important: Eskin's treatment costs exorbitant sums, but no HR staff member with an iota of intelligence (provided by keylogs or other mental augmenting gadgets) would hire someone who calls herself an expert in artificial conditioning and interfaces just because she presents herself wrapped in white latex. In any case, she struggles to believe that David, right by her side, enjoys these obscene poses and snarls of thighs, breasts, and mouths.

Once outside the elevator, Janna finds herself in front of an open-space work environment filled with desks that flow out to a partially empty terrace without walls or a ceiling. The terrace protrudes from the building's structure like a branch from a tree. There are others above and below, but they are crowded with people working. LifeTech prides itself on offering its employees "co-location" instead of old teleworking. David notes Janna's admiration of the building's central body and crystal roof.

"LifeTech would like to make an impact on the world, and this building is our business card. From outside it may seem pretentious but it shows who we are and what we do. *Long life and prosperity*, our motto. Business marketing is always rhetorical. I hope this doesn't bother you. But tell me, are you familiar with our products?"

"Of course. iMates are very famous."

"Do you have one?"

"Well, no. Otherwise I wouldn't be here."

David nods and Janna imagines that the interview has just begun.

"In the beginning they were called ATM. Most people don't know this, and there's not a single reference to it online. The acronym stands for *Automa de Trabajo Manual*." David pronounces the phrase with an accent the keylog identifies as Catalan. "They were created in Spain, and the creators got a kick out of naming them after a cash machine. Funny, right? An ATM that gives you money without you having to earn it."

"Yes, but even though the concept of an iMate is strange, there's nothing automata-like about it."

"True, but in order to sell the first iMates we had to simplify them to avoid scaring clients. A sentient being in flesh and bone–even though created entirely by a 3D printer–was a tougher sell than an android."

"Right, it's the old question of the uncanny valley. We still don't have an iMate, but..." Janna hesitates, "...one day we will."

"I hope you will. I hope I get to sell you one. We want to sell a lot of them."

"No, I mean that we'll really need one."

David's smile fades and his face goes blank. It's likely that he is reading Janna's biography looking for important facts. "I know about Eskin's troubles. News?"

"Lately he hasn't been doing well, so I'm doing everything I can to find a job. If we can get an iMate, then I can stay with him more."

In Sweden, an iMate costs twice as much as a house. Janna had a comfortable university, but it still wasn't enough to cover even the down payment of an iMate.

"You're right. iMates have changed the lives of many ill people like Eskin, as well as the lives of those who just want to devote their time to other endeavors."

"I don't know if there are many iMates in Sweden."

"*Por supuesto*, the cost limits the demand. Furthermore, we prefer that this information remains private...as you, a code expert, know well."

"Of course, iMates don't know that they're biobots, and that's part of LifeTech's design. This way, they can run without programming."

"In reality, the iMate code is a type of programming for us. In practice we use psychological triggers instead of alphanumeric codes. Our methodology made us market leaders, and current regulations mandate that our competitors have their biobots verified by our technicians."

"A great leg up on the competition," Janna says.

"I would call it a trustworthy seal of approval for users, in terms of both product quality and security."

"In Sweden, even just calling someone an iMate as an insult is against the law."

"I wasn't aware of that."

"It's not a formal charge activated by the keylog, but you can still get a big fine."

"That sounds reasonable to me. It's horrible to instill in someone the doubt that he or she isn't natural."

David winks, but Janna can't tell if it's supposed to be jab at the company where he's employed. On closer inspection—although in this precise moment it might seem absurd to say—even David could be an iMate.

"Let's talk about you, Janna." According to EmpApp, David is anxious to change the subject. He gestures for her to sit.

"First off, I'd like to thank you for coming all the way to Naples. The interview is an important time for us to get to know each other: the analysis of your academic and professional achievements has already assured us of the likelihood of your success at LifeTech."

In other words, they know everything about her: from her police record to her personal relationships, from her travels and movements to her preferred shopping habits. Even her medical records ended up in the data-cruncher of the predictive algorithm *JobFit*, which created a final candidate profile for LifeTech. This precise portrait explains the candidate's strengths, enriched by a range of workplace adaptation scenarios and her reactions to them. All of this without a single human speaking with another one.

"I'm pleased to hear it."

"In reality, there are some details that I'd like to go into," David says, skimming something in his digital notes. "For example, here...why did you leave the University of Heidelberg School of Health Sciences to study biomechanics in Sweden?"

There's already a public document on the subject. *They should know why, but maybe they don't believe it,* Janna thinks, comforted by EmpApp.

"While I was a summer intern at a startup in Heidelberg,

I discovered interfaces inspired by biological life forms."

And Gerd's adorable smile and his passion...for work. But that didn't make it into the official report.

"No other reason?"

"A better salary? Besides, the first year of med school was very useful for my career."

"I see. It was just my curiosity. Do you know Professor Jorg Hallistair?"

Janna knit her brow: of all the people with whom she has worked, Professor Hallistair is a strange one to bring up in a job interview.

"Yes, he was a friend of my parents. Sometimes he ate dinner with us."

"Did he play any role in your decision?"

Janna is stumped. Why should that grouch Hallistair have influenced her?

"We honestly never talked about his biorobotic studies. He wasn't that proud of it."

"But he was a good family friend. Or at least one to your mother, I mean."

Her keylog shudders. EmpApp sends Janna its analysis. *"Romantic affair between Hallistair and your mother Greta. Psychological implications: it could suggest to your interviewer a weakness, the maternal partner's need of acceptance. Possible failure on the Leadership Index: narcissism and insecurity."*

"I'm sorry, David, but your behavioral analyst made a mistake. Sometimes, they give excessive importance to secondary information. False positives, I mean. Honestly, I transferred schools because I was attracted to the start-up's founder and I've always prioritized personal life over my career. My mother's extramarital relations don't interest me, not even if they may have been the reason my dad left. If you want, I can tell you what I think about it, but that's all."

David explodes in laughter. Janna's keylog emits green lights: according to EmpApp, her response dispersed every doubt about her psychological endurance, and her Leadership score rose.

"*Vale*! Just one more question. Where do you see yourself in ten years?"

"I couldn't tell you. I'm not good at planning career paths."

"Okay, but in general, where do you see yourself? I know you haven't traveled much after the...accident."

Janna stiffens and changes her position in her chair. If it weren't for EmpApp, she'd bite her nails.

"It was an opportunity-based decision: I was absorbed by work at the university and didn't have time for personal life. And given Eskin's condition, traveling would have been difficult, not to mention wrong and unkind."

David nods, but Janna suspects that the incident could negatively impact the interview.

"*Por supuesto*. Then, no problems transferring you."

"Does the job require a permanent transfer?"

"Yes, LifeTech supports a co-location policy. Even though some tasks can be completed remotely, the available position is here in Naples."

Janna falls silent. Her keylog's medical application calculates in the background, but Janna knows the predictions it will give her.

"Is this a problem?"

"My life expectancy drops to ninety-seven years in Naples."

"Of course." David doesn't seem surprised. "Swedish standards are very elevated."

"Pollution, water quality, and the amount of public services." Her keylog summarizes the crucial elements. "It would be a difficult decision to make."

"Given this, may I propose the Wellbeing Program?"

While David is speaking, her keylog receives a request to download a brochure.

"We have ample funds to compensate for these kinds of problems."

The brochure indicates the company benefits: almost complete medical coverage, including cutting-edge treatments, appointments with specialists, and superior foods; a true luxury, even in Sweden, where Janna and Eskin can only permit themselves the standard level.

"Well, that makes things a bit different," she admits upon seeing the number '109' light up in a corner of her vision.

"Yet you still don't seem convinced."

"It's because of Eskin."

"Coverage is extended to your partner."

"I know, but…"

"Janna, within five years you'll have the deposit for an iMate. The contract is binding: even if we change our minds, insurance will pay you an amount equivalent to thirty-five percent of the cost of an iMate."

"Maybe I ought to explain myself better. I'd like to have children."

"Children?"

"Yes. Treatments have compromised Eskin's fertility, but we have a sample of his sperm in a bank and enough money to make a genetic selection that would avoid passing his sickness onto our children."

"Ah, that's why Naples is no good."

"Legal restrictions are big here." In reality, Janna would have liked to say crazy. In the Mediterranean Consortium, artificial insemination is forbidden, along with all other artificial conception methods. But, above all, genetic selection is punishable even after conception.

"LifeTech enjoys many advantages from being located here, specifically *because* of the region's low fertility rate. The Mediterranean Consortium wants to attract workers and the tax break against the co-location policy is enormous. We can't make exceptions."

"It's a shame." Janna breathes while EmpApp flares to warn her that her reaction may seem arrogant. "Obviously, I speak for myself."

David isn't listening, but Janna is sure her answer reached the interviewer's keylog.

"May I be direct, Janna?" David's tone is neutral. EmpApp is fixed on red. "Do you really want to have children?"

Janna shifts in her chair and the keylog automatically opens the M.I.Right app to record the dialog. "Yes. Is that a problem for the company?"

"Oh, don't misunderstand me, your maternal desires don't concern us: but if they present an obstacle for your coming to Naples, I'm sorry for LifeTech. We really need you. The iMate interface project is the most advanced in the world. We're looking at talented profiles like yours, and you'd be working with the best in the field."

"Thank you, but I don't know what to say."

"Growing an iMate isn't simple. Many believe it's an expandable and infinitely replicable program and once it reaches maturity, perfection is complete. But you know that's not how it works: completing a biobot's development and formation in such a short time, while assuring that it meets human standards, is a process of enormous complexity. LifeTech's code is the pinnacle of decade-long studies on the conditioning of sentient beings, both biological and artificial."

"In fact, I'm still surprised by your call," Janna says. EmpApp flashes desperately. "It's just that...I didn't think I was good enough for this kind of work."

David continues, ignoring Janna's assertion.

"I think you're missing an opportunity, as is Eskin. That's why I asked you what you are truly looking for."

"Every woman is free to express her feelings on maternity," Janna says, citing verbatim the suggestion from M.I.Right, "without that presenting an obstacle to her access to work or higher education."

"I agree. The local labor union's Parity Circle has all the facts on our company's diversity policy. I assure you that we're very flexible regarding the needs of women and parents."

David is calm. He's playing a part. Janna receives the certificates from the labor association, including two organizations for equal treatment. The information to which David referred is also attached.

"What's more, at Lifetech, we proactively support these choices. But the question remains, Janna. Are you sure you want children?"

"You keep asking, but the question is absurd."

"Let's put it this way, then. Have you spoken with Eskin?"

Janna falls quiet. EmpApp indicates biometric readings different from anger. She recalls many sour "discussions" with Eskin on the subject. That's the only major thing that doesn't work in their relationship, and she can never understand how Eskin could be so insensitive with respect to the topic.

Janna ignores the suggestions from M.I.Right, hitting her middle finger on her thumb. Then, she gets a call from an online consultant.

[Hi Janna, I'm Rita, from Women Rights Europe. I reviewed your conversation and am ready to intervene on your behalf. Do you accept my defense?]

Janna taps her fingers to accept.

"Excuse me, David, but what is your point?"

"Our offer isn't dependent on your response, but I still haven't heard it. Therefore, once again, are you sure you want children?"

"Why do you want to know?"

"We know Eskin doesn't want children, and we know that Eskin doesn't want you to have them either. We're up to date on your conversations...not only do we know that you've expressed your desire to have kids, but you've made clear that you would turn down an important job in the name of maternity. What's more, you'd give up the chance to buy an iMate, thus compromising Eskin's future. Do you see the problem now?"

Three messages appear on her keylog: EmpApp analyzed David's word and found an explanation: "*The interviewer has found a shortcoming in your decision processes with possible ramifications on leadership and logic.*" The JobFit application suggests that she leaves the interview so that what is said will not negatively influence both of their professional profiles. Then there's Rita's urging message: [*The violation of privacy is clear, you can leave when you want: we will argue for a conviction based on moral offense; twenty-five thousand Eurodollars is the minimum in these cases.*]

Janna accepts the proposal with a finger click.

"David, please excuse me." Janna takes her bag and stands. "I'll show myself out."

"That's not possible. Protocol mandates that I show you out."

While they walk in silence towards the elevators, Janna receives a response from Rita. [*The reparation request has been forwarded to LifeTech's legal office. They have seventy-two hours to make a settlement.*]

Finally, the last message is from Eskin: [*How did it go?*]

Before Janna can reply, another message comes in from Arianna: [*Please ignore my brother. He's very nervous today. You know how he is. Come back soon.*]

Two messages from LifeTech follow. They could be apologies. Janna denies them access to her keylog, tightening her hand into a fist two times.

When they return to reception, the hostess with the light-up hat smiles.

"Goodbye, Janna. I hope that the interview went well."

David shakes his head and turns toward Janna.

"We've accepted your request for reparations. I hope you understand it's nothing personal. We truly would have liked to work alongside you. Maybe one day you'll understand. Can I hope for that?"

"No, David. You can't."

As she leaves the building, tears start tracing lines down Janna's face. The white BMW waits for her in the parking lot. But this time, even though the boy calls for her attention, she continues on straight ahead. She wants to walk.

Because of the altered biorhythms that appear on her app, nanites release a modest quantity of tetrahydroisoquinoline. Janna's accelerated heartbeat and churning stomach relish the drugs. While she bypasses the taxistand, irritated by Chinese pop songs and professional paperboys, Janna quickens her pace to distance herself from the deafening noise of the Centro Direzionale. The Neapolitan mind must be wired in a way to filter the chaos, screams, and squalls to capture only a desired bandwidth. She laments not yet having the "selective hearing" app that the concierge had offered to implant.

On her agenda remains just one item: pizza, possibly the only positive experience of this business trip. Eight hundred meters away lies a pizzeria with thirteen hundred positive reviews.

Becoming

To: Eskin Agare
From: David Medina Fernandez
Encrypted content
Dear Mr. Agare,
I'm writing with regards to the results of Janna's test. As soon as she arrived at LifeTech, simulating a sudden illness, we "suspended" her for about an hour in order to do all routine tests. Afterwards, through an interview, I personally oversaw the analysis of the conditioning code, and I can assure you that all is well on the physical and mental health of the subject. Along with the lab technicians, I carried out every test, and our evaluation is generally positive: there's no issue attributable to LifeTech. Janna's maternal desire comes, most likely, from strong socialization and emulative behavioral models, in addition to the desire for personal satisfaction, which fall outside her base settings. Janna functions perfectly and her legal complaint, given her intact status, will not be addressed. I would like to remind you of the Stork Program, on sale through December. In the event that you'd like to participate, we will take care of the bureaucratic aspects and the installation of a maternity emulator. Within nine months, you could have a beautiful Eskin Junior, and your Janna will be completely satisfied.

I hope to have been of help,
David
Director of Consumer Care–Nordic Countries iMate Program

To: David Medina Fernandez
From: Eskin Agare
Mr. Medina,

This is unacceptable. I invested all of my savings in Janna and I need her to work to earn money to cover medical expenses for me and Arianna, who has the same hereditary illness. We can't afford to wait nine months, nor do I want to have a child! What's more, I know I won't be able to celebrate his fifth birthday given the prognosis. In these past few months, Janna has turned down three job offers in Europe and the Mediterranean Consortium always for the same reason: moving to these places would be unsuitable for the health of her children. She refused a ten-year contract in Germany because their school degrees aren't recognized by American colleges. This is a disaster. If it continues, I won't have any more money for treatments nor for house payments. LifeTech can't pretend there isn't a problem. If it does, there will be legal consequences that will make the news.

Eskin.

To: Eskin Agare
From: David Medina Fernandez
Dear Eskin,
Believe me, I have great sympathy for the situation caused by your illness. I hardly dare imagine how much you must be suffering and worrying about the future of your family. At LifeTech, we're proud of how iMates constitute an invaluable resource for people like you, your sister, and many others. When you purchased Janna, though, you knew that she wasn't a banal android you could program at will: the iMate is a human printed in 3D, endowed with *sophisticated* intelligence, and grown under the strictest ethical and moral parameters. In whatever she does, success depends on the motivational code that makes her do everything to the best of her abilities. This, however, is secondary to the fact that Janna considers herself human, a woman specifically. This

level of complexity was made clear to you when she was first made, as part of the initial package.

For months we cared for the instruction and development of Janna through our proprietary code before simulating the discontinuity of the train accident and loading fictitious memories of you as her partner. We equipped you with detailed instructions on how to manage your iMate and we know, thanks to twenty years of product development, that had you followed our advice with care and diligence you would be completely satisfied.

Only 0.7% of female iMates develop an unprogrammed maternal desire. In any case, we've demonstrated before the courts that the glitch was due to social conditioning, generated by negligence on the part of owners who don't follow the manual which, as you know, renders null the maintenance contract.

I invite you to reconsider the offer of the Stork Program: you could assure your children a luminous future with Janna.

In order to best assist you, I'd like to take the liberty of offering you a training course to guarantee that Janna assist you smoothly during the last moments of your life. Since this option is legal in Nordic countries, we'd be happy to offer you this complimentary service, should you be interested.

Cordially,

David

Director of Consumer Care–Nordic Countries, iMate Program

Deciding

Incoming message, ScandAir: [*Hello Janna. We're about to land at Stockholm Arlanda Airport. Your seatbelt is un-*

buckled. For your safety, ScandAir advises you to fasten it. We wish you a pleasant flight.]

This is the second notice waiting for her in a corner of her view. Only when the little girl and her mother sitting next to her return from the bathroom can Janna refasten her seatbelt. On the empty seat, the girl has left a doll, about twenty centimeters tall and looking a bit like a fetish cyborg. Its body is wrapped in a form-fitting yellow jumpsuit, and its pupils, which follow Janna's gaze, are an intense, unnatural purple.

"Do you like her? You know what? She kind of looks like you," the girl says in shrill tones, standing next to Janna in the corridor.

"Betina, don't be a bother," her mother orders, offering Janna an embarrassed smile.

"Don't worry, she's not bothering me. What's her name?" Janna points to the doll while allowing them to pass and then buckling her seatbelt.

"You first," the little girl says.

"My name is Janna."

"Then she's also named Janna. Because she's pretty like you."

"Betina," her mother says, "stop it. It's not nice to name your doll after this young woman."

Betina frowns and, not knowing where to turn, lowers her head between her seat and the seat in front of her. She covers the nape of her neck with her hands.

"Oh, Betina, don't worry. Janna is a pretty name for a doll. Is she new?" Janna asks.

The girl lifts her head, takes her doll and places it on the armrest. "Yeah, my dad gave her to me."

"Your doll was very famous forty years ago. I think she was the star in a movie," Janna says.

"That's impossible! This doll is one of a kind, and there's no other like her," Betina says.

"Oh, right. I must be confusing her with another doll," Janna says.

Turning to her daughter, the mother says, "Honey, you know that's not true. There were many dolls exactly like yours at the store where daddy bought it."

"Same on the outside," the girl continues, moving the arms and legs of her Janna, "but inside they're all different. Like we are."

Connection request (unknown caller). Janna accepts. [*Please forgive her: she has a twin sister, and she's a bit unsettled about all this.*]

The mother watches Janna, who smiles by way of approval, but her keylog tells her that Betina has no sisters. In fact, the "twin" is likely a fixed-time clone–the latest trend of divorced couples–a type of living photograph of the absent child, destined to last only a few years, but able to relieve the suffering of the separated parent.

Janna has read the heated polemics on the topic. In some states, cloning is forbidden, but in others it is tolerated, or unregulated, by the legislation. Everywhere, there have been discussions not only on the ethics of the phenomenon, but also on the psychological consequences for parents and children.

Betina, in the meantime, is speaking with her doll. Among the various definitions of "human being", some seem made to create pain and complexity, even though thought to achieve the opposite.

Instead of the entertainment offers for movies, music or games proposed by her keylog, Janna selects *3D printing*.

Incoming message, ScandAir: [*Welcome to the on-board shop. Select one of the sixteen million objects available for ex-*

press printing, or upload an image of an object of your choosing. If the raw materials are available on this flight, we will make it for you in just a few minutes. Otherwise, you may retrieve it at your exit gate.]

Janna looks at Betina's doll and she gently touches its right temple. Her keylog acquires a 3D scan of the image.

[*Thank you for your purchase. The vintage doll ALITA is a frequently requested model. In a few minutes, an attendant will bring it to your seat. Would you like it gift-wrapped?*]

Janna declines with her fingers. It's not a gift, at least not now. It will be one in nine months and nothing could stop that.

Then she opens the Work4U app and begins to delete work offers, both those still active and all those she's looked at in past weeks.

-Biobot Counseling Partner for Frauenzimmer P. Company, Windhoek.

-Interface Modulation Supervisor, Robotic Earthworms, Lagos,

-Avatar Personality Architect, Tyrell Inc., Hong Kong.

-Conditioning Master, Silitron Ltd., Moscow.

At a certain point, her finger stops midair. There's a new job offer addressed personally to her.

-Scientific Editor tasked with fact checking, SVARM Corporation, Stockholm.

She opens it.

Discovering

To: Janna Toeissen
From: SVARM Corporation
Dear Miss Toeissen,
Thank you for contacting us. We would love to meet you in Stockholm in the next few days, even tomorrow if you're

available, to outline the terms of the offer, on both a professional and financial level. Please let us know at your earliest convenience.

Thank you.

This email address is property of SVARM. Opinions expressed by representatives of SVARM over email are subject to the Oslo Agreement on the Imponderability of Electronic Communications. We invite you to visit our sensory window at [e-dolls/SVARM].

To: SVARM Corporation
From: Janna Toeissen
Good morning,

I'm not certain I'm ready for an in-person meeting. Besides, I fear there is a misunderstanding: I don't recall having started a selection process with SVARM; I thought you would have liked to interview me first and then had me take the psycho-habitudinal tests.

Thank you for clarification, Janna

To: Janna Toeissen
From: SVARM Corporation
Janna,

You are the person we are looking for and we are certain that, even given your exhaustion from the trip, you'd be interested in listening to our proposal. We could meet Wednesday morning, in two days. The morning of the meeting, we'll send you the time and address.

See you soon.

When she tries to respond, the email shows as nonexistent. She can't find any trace of the message in her inbox or in the email's register, but on her calendar a reminder appears for the Wednesday morning appointment. Janna hadn't accepted it, but now it's Wednesday, and seeing her face reflected in the glass of a top-floor panoramic office in the center of Stockholm, she realizes that she's been imprudent.

She had been told to wait for the last manager to arrive. After the three interviews she's already had, she would have liked to listen to Arianna's music, those neuroactive melodies modulated by her violin and capable of brining the listener elsewhere, note after note, neuron after neuron. In this particular moment, Arianna's rendition of Pachelbel's *Canon* would recharge her with some positive energy.

The transparent wall in front of her is set up for holographic connections, and a few seconds ago SVARM's illuminated logo invited her to open the menu CONNECTIONS.

She ignores it because something more urgent requires her attention.

[*This is an amazing offer, Eskin; they'll pay me to write articles about iMate codes.*]

[*That doesn't seem like much. And you still haven't discussed it with me. Who are they? Can we trust them?*]

Janna had decided to not tell Eskin about the interview, which was easy given the fact that he had therapy from 8:30 to 9:30 and Arianna had to go to the hospital for her worsening symptoms. Janna thus took advantage of the situation and left the house without explaining anything to him. But now that she had the offer in front of her, she couldn't resist sharing it with him.

[*They're a business that avoids publicity. They pay well. I'll work from home and that way can take care of you.*]

[*Why can't we talk? We barely saw each other yesterday. Call me.*]

[*I don't want them to hear us talking.*]

Janna starts walking alongside the glass wall. Eskin is writing something. He's angry. He writes and deletes. Rewrites and re-deletes.

Looking out the window onto the city, she keeps her view fixed on the lights of the city that disappear into the Baltic Sea. That lattice that studs Stockholm's *skargård* seems to indicate a path and, even though confusing, reestablishes her clarity of mind. The water that bathes the myriad islets at once unites and separates every part of the archipelago. She too feels scattered–made of so many pieces skimmed and connected by a liquid that's not water but possesses the hardness of ice. Especially now, in spring, when the first frozen blocks crack and the most fragile sheets float away, transported by the current toward the sea.

[*At least tell me how long the contract is for.*]

[*I don't know. In fact I won't be officially hired. I'll send the scientific committee my articles and I'll be paid from time to time.*]

[*So it's not even a job!*]

[*But that way there's the advantage of being flexible.*]

[*We can hire a nurse.*]

[*Staying home will also be good for me...for pregnancy.*]

Eskin doesn't write anymore, and Janna sits down once again. Her hands cover her face, even though she's sure that the room is monitored and every gesture recorded. Then she receives the signal for an incoming call. She accepts. Eskin should be in bed, where she left him this morning before his treatment. Instead, his avatar is seated at a fake Victorian desk–reconstructed by a 3D modeling software–with antique musical objects organized around him. This is how he presents himself to clients.

"We've already discussed this, Janna. We don't have the money to raise a child, and this isn't the right time."

"They'll offer me more than the last contract. We have the money, and I don't think there's ever a 'right time.' Either we do it or we don't."

"You're so obstinate. Italy must have messed you up. Don't you care about me anymore?"

"Italy made me realize what I want. This job would let me be close to you, and it'll give us the money to cure you and Arianna."

"It's crazy, Janna! You've received wonderful job offers and you throw them all away for what? For an unknown company that pays you per publication? It won't last...and you know it. They won't pay you. We'll only lose time. You're making a huge mistake."

"The mistake being having accepted the job or wanting to be a mother?"

"This isn't why I wanted you!"

Eskin's avatar makes an irritated gesture. He raises his arms and lets them fall onto the desk. Jana springs to her feet while EmpApp lights up.

"What do you mean, Eskin?"

His avatar doesn't react. He seems resigned. He's resting against the back of his recliner, emptied of energy. The connection closes.

Janna writes a message: [*Call me back! What is 'This isn't why I wanted you' supposed to mean?*]

In that moment, the office door opens and David Medina Fernandez, in a charcoal suit from an Italian tailor, crosses the threshold. He hasn't changed since the meeting at Life-Tech a few days ago. But now, Janna's keylog doesn't receive his personal info, and it can't identify his virtual identity. This time, though, his beard is slovenly and the cordial smile he wore in Naples is gone from his face.

"Everything okay, Janna?"

David walks to the minibar and pours her a glass of water. He puts in two ice cubes, each with a raspberry inside.

"Yes, I just wanted to make sure my fiancé was well." Janna accepts the water happily.

"You don't seem surprised to see me."

"I am, but I'm more surprised by SVARM's proposal. So, either you're the kind of person who doesn't take no for an answer or you're also working for them."

"Right and right. I'm not a man who so easily gives up such an incredible opportunity. And yes, I've worked for SVARM for some time. In fact, the job with LifeTech is also part of what I do."

"Is that legal?"

"Let's just say that it's not illegal...I'm sorry to hear that Eskin disagrees with your decision, but it was to be expected."

They're obviously monitoring the conversation. No logo on the building, no information on the georeferential map, and even the identity of the man before her is obscured by numerous keylog webcrawlers, an extremely rare and costly measure. Had Janna not known that he was the same person she'd met in Italy, she would be inclined to think that David were not in Sweden right now. He could be at home sick or on vacation. He probably flew here on a private jet and came in a car from SVARM. But her keylog assures her that he's at home in Naples. Ubiquitous Identity Distribution is suspicious. Not only does it confuse her, but it is criminally punishable, as you could conceal your identity but not dissociate from it. In an era when data theft is connected to time and processing power, it's strange that the most sophisticated battles are still waged by common spies.

"He's not in charge of my life."

"Will he give you any trouble?"

"No one will."

Janna sits down, feigning calm even though Eskin's words still buzz in her head. David unbuttons his jacket. His shirt is wrinkled and his shoes are covered in a film of dust.

"Good. I see that you've already signed the contract. We're sending you the encryption key to access your SVARM account. You'll receive the topics to write about on that account. Once you have sent them to the scientific committee, you'll have to wait for approval and then we'll credit you the negotiated amount."

"For how long?"

"For as long as your research takes."

"Research on what? The contract doesn't specify any sort of focus. It just mentions articles on biobot conditioning."

"We'll provide you with the subject matter." David cleans his shoes with his hands, annoyed by the veil of dust.

"...I don't understand."

"We want you to focus above all on iMate code, or, more specifically, on breaking it."

The sound of water and ice cubes spilling on the table. David raises his eyebrows. Janna is standing, her eyes fixating on him.

"I could leave now and press charges against you."

"As you wish. But you know this conversation never happened. I'm not here."

"You're asking me to commit a felony."

"Only if you get caught," he says. "Wait. Sit down and let me finish. Once you have all the information you can better judge this offer. For you...and your *family*."

David moves the chair next to the table and waits for Janna to sit again. In the meantime, he fiddles with the ice cubes.

"It can't work. They'll catch you."

"We don't think so. When code is broken, nobody will care about who it was. They'll have to deal with the consequences first."

Janna's perplexed. This interview is wildly different from the one at LifeTech.

"Why would you pay me once…"

"You can say it, Janna. We're safe here."

"…once you have what you want?"

Eskin's words come to mind. *This isn't why I wanted you.* What does he mean?

"I know the idea scares you."

"It's not that," Janna says. "Nobody's ever broken an iMate's conditioning. Not even hackers or researchers with better expertise than me. This isn't a game, David. I don't want to enter into a war of industrial secrets."

David's index finger touches the raspberry in the glass, pushes it against the ice cube, and then squishes the fruit on the bottom.

"There's no war. In truth, I don't work for LifeTech or SVARM…*Vale*. It's complicated. Consider me a free professional."

"A spy."

He licks his dirty finger. "Let's put it this way. The question doesn't involve me, but you. You're the zero point seven percent."

"What? Zero point seven percent of what?"

"Of something special." David drinks, and the reddish water seems to refresh him.

"Stop. You're speaking in puzzles. You made me a fake job offer, you're part of a secret organization, and you're also two-faced with LifeTech. Maybe Eskin was right. All of this business seems like soap opera drama."

"But you were ready to accept the job."

"I didn't have this information."

"But let me finish. Then you'll have a complete picture of the situation."

David stands and turns on the holographic wall with his hand. SVARM's catalogue appears: newborns, children, male and female adolescents. Or, more specifically, their 3D printing templates.

"Today, LifeTech holds a monopoly on adult biobots for the job market while SVARM is limited to printing clones from ages one to sixteen in cases of affective compensation for divorced couples or psychological trauma caused by grieving a death. Stealing LifeTech's edge would be good, but in the long term we're interested in something else. So many companies make biobots and muscular traction androids, some of their prototypes would surprise you, they're unquestionably better than LifeTech's... yet, they're always limited by the conditioning code."

Of all the models on display, the man indicates one. "It was this one that you liked, right?"

Janna nods, remembering Betina's doll. But this model is as tall as an eight year-old and has two fluorescent barrettes holding her black braids. "Liberating biobots means opening up incredible new opportunities. Opportunities that we're ready to embrace," David says.

"What kinds of opportunities?"

"Our infant and adolescent biobots are first printed and then grown *in vitro,* but their lifespan is limited by law.

"I know the story"

"At most, and only in special cases, their organs can be transplanted to their respective owners, but these biobots have no future beyond that. Meanwhile at LifeTech, biobots are printed at all different ages, according to market forces, and they don't have a past. What they remember is just a script written by software, a random generator of human histories. The time has come to stop these senseless limitations. This is why we support unadulterated *ius sanguinis,* morphogenetic liberty, the right to be what you want beginning from birth and any other time of individual genesis."

Janna's keylog inundates her with facts, from the first studies of Alan Turing on chemical morphogenetics to those of Rupert Sheldrake on morphic resonance–considered by academics to be nonsense–and even biotechnological experiments conducted in clandestine laboratories. The web is full of these examples.

Janna is skeptical, shaking her head while she receives updates.

"I worked for years on conditioning model theory," David says. "I know the literature, and I know perfectly well that it can seem unjust, but there's a reason why conditioning model has been inserted in iMates."

"Try to change your point of view. Biobots aren't utilized to their full potential," David says.

"David, believing that iMates suffer from conditioning is typical of humans. It's our concept of empathy. But in truth they're artificial biological intelligence, possibly without limits. They could be dangerous."

"Not any more than man," he says. "Like fire, nuclear energy, and space travel, every discovery has its risks. We believe that iMates are the future of humanity."

"I've already heard this argument. Let's set aside ethics and new-age philosophy. Let me be clear. I don't think I'll be able to break the code, but if you'll pay me anyway, I'll try."

"We'll pay the costs of Eskin's treatments, his sister Arianna's, and those of any other plans you might have in mind."

Instinctually, Janna looks around. She feels trapped and apprehensive. The fact that they were listening to their conversation didn't give them the right to trap her.

"David, having a child isn't a problem here in Sweden, and I can always find a job with good medical coverage."

He pauses before responding. "And do you have the proper legal resources?"

This isn't why I wanted you. Eskin's words haven't left her head and make her lose focus.

"What are you talking about?" Janna replies. "Besides, it's none of your business."

"If we work together, it will be."

"Of course. I'd be your accomplice."

"You could look at it that way, but if you break the code you'd be more than an accomplice, you'd be a paladin of liberty, a twenty-first century Joan of Arc. In a new world, you wouldn't be a criminal but a pioneer. That zero point seven percent represents the defect of iMates that will make the human race evolve. You'll be the first conscious mother."

Is he saying that I was born an adult?

A giant hole presses on Janna's chest, emptying her of her existence. The red brick house in Olofström crumbles, running races with her dad Lars through the birch trees come to a halt, birds disappear in a flash, flowers her mother Maria grew in their garden wither, a feeble sun implodes leaving a night without stars, a cavity pockmarked and deprived of senses, just like her memory.

This isn't why I wanted you. Is that what Eskin meant? Zero point seven? I'm...an iMate?

Janna feels something strange inside herself. The sense of not having a past, of having not a single memory of her childhood: fairytales, teenage troubles, and young love all on loan from a catalogue, mnemonic productions filmed on a set after being written by a program with the supervision of a LifeTech psychoanalyst.

A piece of her very existence has just fallen away like the base of a melting iceberg, changing its form and identity. But how can memories that never existed now escape her? And to whom do those experiences belong? Are they just a collection of anonymous facts, slices of life taken by keylogs from random whoevers on their social networks?

On her keylog menu, her first twenty-five years of life occupy fifty terabytes of memory. She'd like them all to flash before her eyes. She'd like to sit down for dinner with her family again and return to the rocky beach where she would run and chase her classmates who pulled on her braids. Most likely she'd choose the memories from ages fourteen to nineteen, the ones she's most attached to. Meeting Eskin many a time backstage at concerts with his long black hair, leather pants, and secret embraces.

"You're doing the right thing, Janna. For you and your children. Now go home and rest. You've had a tough day. You'll receive your first commission next week."

David points out the exit. Janna gets up and leaves, almost without breathing.

"This is goodbye. We won't see each other again, Janna. Good luck with everything. It was an honor to meet you."

Janna 5.0 – Procreating

Janna touches the pads of her index and middle finger to the thumb of her right hand. Then she closes her eyes and an ebony doorway appears, inlaid with figures of Múspellsmegir alongside other Norse giants crossing the rainbow bridge of Bifröst. She mentally pronounces the alphanumeric code and the door opens itself. Through a crack creeps the silhouette of a miniscule girl with ruddy red hair, Disir. She wears a white tunic that causes her to pop against the darkness of the ebony.

"We're alone, Janna. Nobody is spying on your thoughts. I need you to be calm."

The code isn't complete without the last passage. If Janna were threatened or in danger, Disir would destroy the contents of the memory cell. If instead she weren't able to relax, she'd allow her only to access part of the information, the most superficial, continuing to adjust the keylog in an autonomous way, protecting her info. Disir is a gift from SVARM: the best personal protection program in existence, not for sale and endowed with multilevel sensory access keys.

"Thanks, but I'm afraid I can't." Janna puts a hand on her stomach. "I'm a bit anxious."

The girl doesn't say anything but limits herself to opening the door and inviting Janna into a room with natural stone walls and two armchairs in front of a coffee table.

"It's a simulated environment. If you want, I'll delete it."

"No, it's okay. I don't mind."

They sit one in front of the other. A display on the wooden table shows an infographic for the project.

"This is the latest article sent to the SVARM committee. It analyzes an attempt to break iMate code."

The findings of the research line up along the left of the holographic on a stylized tree. On the right there's the committee's approval and the confirmation for her direct deposit.

"The stimulus didn't break the code. It actually reinforced it...." Janna closes the file with a flourish of her hand. "Just like what's been happening for twenty years in all labs and universities in half of the world."

"Conditioning is sophisticated," Disir says.5

Disir cites a section of a preceding article. "...the conditions that could violate the code's integrity, unveiling to the biobot its true nature, would make it ultimately more resistant to the violations themselves, augmenting a false awareness based on elements both conscious and unconscious."

Janna wishes she'd used more direct language in that dissertation. "In practice, it's like trying to convince someone they're not in love. It's virtually impossible."

"Should I include that in the notes?" Disir asks.

"Yes, thank you. Could you pull some examples from literature in the field? There are some comparative studies on conditioning models and states of psychoaffective alteration." While Disir archives the note, Janna opens a music program and chooses a song.

"In three months, I've analyzed the emotional relations that hundreds of iMates have with their owners, and I haven't found any weaknesses."

"Correct, but there exists an outlying condition rarely discussed in the literature. In situations of strong conflict between the 'dominus' and the iMate, where the dominus is also the iMate's romantic partner, there can be an unconscious property transfer to a third party."

The notes of Tomaso Albinoni's *L'Adagio* twirl like plumes in the air.

"The iMate can fall in love with another man."

"Or another woman."

After a minute, those same notes seem to fall from above and sediment themselves in Janna's thoughts like a precipitate in a solution.

"But falling in love is only a demonstration of humanity that reinforces the code. The basic information is inside. The biobot knows that organic beings are capable of betrayal while inorganic beings wouldn't think of it. That's the stereotype–that it would follow the program without ever deviating because of emotions."

But it's not that way, Janna whispers while the entire room disappears and she finds herself again standing before the locked door. Inside there's only white space.

This isn't why I wanted you.

iMates and all biobots are conditioned through a weak ego, malleable and easy to modify through simple stimuli, like the expectations of the dominus or the need to be accepted, to remain useful and worthwhile. An iMate needs altruistic validation. If it doesn't find it, it suffers and that pain pushes it to conform to the expectations of its owner. Yet, if it discovers that it doesn't need acceptance by its master, it could be free, even though that prospect is scary: nobody wants to be artificial.

The greatest difficulties hide where we don't look for them. Code can't be broken. It always should be so. It always should.

Janna 6.0 – Birthing

The doctor is cordial and polite, like all the clinic personnel.

"I'm sorry that you're alone. Having someone by your side is a big help. But the law requires us to receive the consent of the father of the unborn child in case of specific treatment."

In the hallway, outside her cubicle, nurses chatter in low voices.

"Eskin suffers from a degenerative disease and can't leave the house," Janna responds, avoiding eye contact. In truth, Eskin has resigned himself to the idea of a daughter and he wouldn't be by her side even if he were in perfect health. He might be at the movies or the Fotografiska Museum, where he loves to spend afternoons gazing at the splendid immobility of a still moment, since walking is no longer a pleasure he enjoys. Without Arianna's intercession, it's unlikely that he would have given his consent.

The doctor checks her medical card, and Eskin's electronic signature appears. He starts for the hallway.

With her belly making her clumsy, Janna sits on the hospital bed and calls Arianna.

"Hey, mommy! Are you ready?"

"It would appear so. How's Eskin? Has he asked about Kaitlyn?"

"Not yet, but men are like that. At first, having a child seems like some sort of damnation, but then they fall in love with the child and everything's okay. You'll see. He won't be able to resist!"

"I don't think so. He's not like every guy. He's just stepped aside."

"Don't be so hard on him."

"He's your brother, you should know him by now. Soon he'll die. He never wanted a daughter. He wanted a cure and money for the house and everything else."

Janna lays a hand on her full belly. Kaitlyn also seems to want to chime in on the conversation.

"Among everything else is the money to cure me too, Janna."

"Sorry," Janna says. "I was being insensitive. Maybe it's the nerves or the tiredness."

Tears obscure her vision. Arianna's face on the display is thinner than hers, especially since Janna's been eating for two. But it's still framed by short blond hair, the same way Janna wears hers.

"It's normal for you to be mad and disappointed. Just think about yourself now, though. You'll be a mom...and I'll be an aunt!"

With mouths bent upwards in a smile, blue eyes, and ivory colored hair, Janna and Arianna could pass as twin sisters.

"Hey, did your present arrive?" Arianna asks.

"What present?"

"Go in the waiting room. The keylog works there. It'll boost your morale."

Janna rises from the cot and leaves her cubicle. She's embarrassed to walk in her gown and slippers, but her curiosity outweighs any sense of shame. She motions to the nurse that she'll return soon and heads towards the room at the end of the hall. The holographic display follows her like a ghost, projecting Arianna's face over her back. "Let's hope you like it!"

A few people sit in armchairs in the atrium. Her keylog connects and downloads various messages. Janna searches for that from her friend: [*The dollhouse has arrived!*]

When she opens the application, she sees the outside of her apartment in Stockholm and a view from the landing. [*Welcome home! There's a surprise for you.*]

While she enters the house, the application shows a panorama of the hall, passes Eskin's bedroom, and stops in front of the studio door. The image garbles, deliberately blurring, and then Kaitlyn's name appears on the door, carved by fire on a piece of white wood with a pretty cartoon child and a tiny colored ball on the dot of the "i."

Janna can't stop smiling and she follows the application as it crosses the threshold into the space that had been the studio. In its place there's now a nursery painted with pink and white stripes, interspersed with designs of dolls, a clown, a carousel with wooden horses, and a forest fairy with green hair and a magic wand made of wooden tendrils. On the right near the window sits a white lacquered wooden cradle. The drone that filmed the video lingers above the pink cover on the cradle: the doll ALITA sits with arms up, waiting to be held by Kaitlyn.

"My niece couldn't grow up in a sad little studio."

"I hope Eskin isn't opposed."

"He can't be. The employees from Doll House came this morning with the preprinted pieces. The architects made everything perfectly tailored, and after you left they assembled it all in two hours."

"But with Eskin around how did you do it?"

"I told him there were ants in the studio and that I called the exterminator to give it a good cleaning. He went into his room and when he came out...it was too late."

"You've been so sweet."

"Now hurry up and come home."

The communication closes but as she starts to turn around, her back aches, the weight of pregnancy bearing on her vertebrae that were crushed by the accident. Now that her keylog can communicate again with the apps, recommended doses to help her overcome the pain pop up. Janna is tempted. There aren't automatic settings in medical apps and she only has a few seconds to encode them in other applications. The release begins immediately while she resets the nanites so that they prevent the drugs from reaching the baby. She doesn't want to suffer from backaches ever again for the rest of her life.

As soon as she returns to the cot in her cubicle, the nurse enters.

"Miss, the anesthesiologist is here."

"I'm ready," she responds. *Let's pretend to need it.*

Janna 7.0 - Loving

It's snowing, but that's normal for this time of year in Sweden.

Janna loves snow because it makes her feel safe, as if that milky mass that deposits itself everywhere has the power to stop things from happening.

From the window in her room, she glimpses a garden patch, blanketed in white. The pregnant trees birth heaps of snow at every gust of wind. Now the Agare family cabin, immersed in Djurö Park, is even more isolated and unreachable.

Nearby, hisses from Arianna's portable respirator can only be heard when the wind outside falls silent. Once in a while, the woman watches the device sustaining her, as if it were normal to be constantly aware of what is keeping you alive.

"This thing is temporary, right, Arianna?"

"Not really. Given how I'm deteriorating, I'll have to carry this thing around with me."

"Is it comfortable?"

The serenity in Arianna's eyes is the same that the trees have while supporting snow until spring when they manage to shake off the heap.

"Well, it's necessary."

Arianna raises her teacup, as if she needs a source of heat. Like Eskin, she doesn't have much time to live either. The Agare family curse proceeds inescapable down a moribund railroad, though with different arrival times for every passenger.

"I was hoping Kaitlyn would help Eskin."

Arianna turns toward the stroller where the baby sleeps, her soft arm near her head. Arianna sees Kaitlyn's face framed by her embroidered cap, lips slightly open, and soft fuzz on her head, a family trait.

"He won't even look at her."

"Give him a chance." Arianna returns her mug to the plate.

"I'd like him to give her a chance."

"Come on, Janna. He'll be crazy about her."

"I don't think he'll get there..." Janna shakes her head. "His depression is debilitating, more now than ever because he's being force-fed. Last week when they diagnosed him with a mild pneumonia, he asked me about the Sweet Death Program."

The hiss of the respirator intensifies.

"He told me, but it was just a moment of discomfort. It'll pass."

"He already completed the request. It'll be authorized within a month."

"Kaitlyn will make him change his mind. He won't go through with it."

"They already made me take a course to help him."

"But that's crazy!" The rhythm of the respirator accelerates and Arianna's voice escapes, almost suffocated. Her eyes fill with water. "A true cruelty."

"Not the way he sees it. Essentially, it's part of my *duties*."

The word "duties" is swallowed by a silence that empties the room. Arianna's mouth lingers half open. Adding to Arianna's urprise is a fear for which Janna has prepared herself. Like a hunted animal that doesn't want to await its captor, Arianna probes the clearing.

"Why do you say that?"

"Because I know."

Her friend falls quiet. She makes to take another sip of tea but she remains fixated on the designs on the porcelain cup, evading Janna's gaze. Kaitlyn grumbles and makes Janna get up. Janna rests her hand on the baby's stomach, massaging it delicately.

"What...do you know?" Saying it, Arianna seems to sink, as if the chair could swallow her up.

"That I'm an iMate."

There aren't other words. Arianna doesn't try to deny it or pretend she doesn't know. For ten years Janna has been her best friend, almost a sister, the only person with whom she's shared her hopes, fears, and desires. On the other hand, Arianna, even more than Eskin, is who Janna considers her family. Not just the sister of her owner, but something more intimate and profound.

Anticipating this conversation, Janna imagined various scenarios from hatred to forgiveness, with disgust, indifference, acceptance, and pretense falling somewhere in between. For each of these, she'd hypothesized a reaction, imagining that she'd unleash her frustrations on Arianna, as if she'd been the source of her misfortune.

EmpApp confirms her hypotheses: it was foreseeable that Arianna would cry, just like she'd imagined, but her friend isn't faking it.

"Don't worry. I'm not mad at anyone. And, more importantly, I won't stop caring for your brother."

"I know. I didn't doubt it, but you don't deserve this."

"All I am is the combination of bioengineered genetics and organic materials printed in 3D. Why should I deserve anything? And you, genetically natural, why do you deserve your sickness?"

"You're right." Arianna raises her head. "You're as woman as I am, even though your birth wasn't natural. Once I would've preferred not to know what you are, but today that doesn't interest me. Nobody in this world, not even a mouse or a spruce, can choose a place or a way to be born and start living. I know that I love you."

Janna finds a strong repulsion for that last phrase, a painful aversion that brings her closer to her child. Kaitlyn's pacifier falls out and Janna replaces it in the mouth of the little one. Since she discovered her true origins, that sense of lacerating unease returns often and hurts her, most often when she looks back at Eskin.

This isn't why I wanted you.

Janna moves the rail of the stroller and draws near her friend, kissing her on the forehead. Then she grabs the handlebars and moves toward the door, putting on her fur coat near the doorjamb. Before leaving, she hears an abrupt sound.

"We can't stop loving someone, Janna. It's this that makes us equals." The voice of Arianna is different without the respirator.

"Now get up, come on, Arianna," Janna says. "What are you waiting for? Get up from that chair and let's go take a walk."

Along the path, the snow melts by the unexpected morning sun. Janna notes the slush that muddies her boots and the wheels of the stroller. Her anger is the same: if before it had a compact and sparkly consistency, now it's transforming itself into an annoying slush that doesn't go away. To get rid of it, she's forced to walk, but not too fast, so as not to leave Arianna behind.

"What do you think you'll do? Can I help you in some way?"

Janna is about to respond, but instead she turns the other way and puffs out a cloud of white. SVARM could help her disappear, even though trusting them is risky. If they want to take advantage of her discovery, once they find out, her survival will be at risk. She's thought often about how to leave this affair clean without endangering Kaitlyn's safety, and for this reason she hasn't yet informed SVARM that she's met her goal of breaking the code. By now the hands of time, further stressed by Eskin's health, move even faster. She could talk about it with Arianna, but she doesn't want to find herself in front of LifeTech again, charged with violating some code. And not because Arianna would betray her, but because that information could be extracted from her keylog, unbeknownst to her and with extreme ease. Disir, from that point of view, is the best strongbox.

"What will happen when Eskin dies?" Arianna asks.

"I'll become property of LifeTech once again...who

knows if there's a secondary market or even a black market for expired iMate licenses."

The path is clear for about a hundred meters ahead of them before turning into the woods and becoming messier.

"And Kaitlyn?"

"They'll take her away from me. A biobot can't adopt, much less raise a human child without the supervision of another human."

In the frozen wood, leaves, shots, roots and broken branches seem objects of pure crystal. An invisible bird sings emerald notes. A few isolated mounds protrude from the ground like bored inhabitants of the forest.

"I could be that third party. We could have Eskin transfer you to me before he..."

"Kills himself? Excuse the bluntness, Arianna, but given your condition it doesn't seem like an acceptable solution... in the long term, I mean."

The path is interrupted by an accumulation of snow, fallen from both sides flanking it. The stretch lies in darkness, making it colder, but the shiver Janna feels along her spine when Arianna responds isn't a product of the dropping temperature.

"You're right. It's a disaster. We're dying and soon you will too...all of you."

From somewhere, high up to the left, she hears a helicopter. Janna imagines that someone from LifeTech has found her out, or that the people at SVARM have changed their mind and instead of her as Joan of Arc they'd prefer Kaitlyn in a new San Suu Ki novella about biobot rights. As a testimonial, the girl would be perfect.

Her friend also stops and listens. The oxygen contained in the ambulating apparatus sounds like a boulder with off-road wheels. Inside the stroller, Kaitlyn stirs, about to wake despite the gelid air that induces her slumber.

As soon as the sound passes above their heads and moves on to mix itself with the hiss of the wind, both breathe and continue their walk.

"I'll think of something."

On her keylog, Janna pulls up LifeTech's contract: [*(art. 7) In cases of interruption of supply and support caused by LifeTech, ownership of the iMate returns automatically to the supplier. A third-party hired by LifeTech will oversee the retrieval according to the terms of the law and will produce proof of the damage to the Ministry of Technology of the country to which it belongs.*]

Janna projects the holograph and gives her friend time to read it.

"I don't believe that they'd destroy something that's worth so much."

"A *thing*…you said so yourself."

"No offense. Ethical implications aside, it's an enormous waste of money and energy."

"Ethical implications aside, I agree," Janna says ironically. "But biobots are always supposed to be traceable. They're checked for predictability, just as for human beings. That which isn't predictable has to be destroyed."

"Don't speak like that."

This isn't why I wanted you.

"Eskin never loved me. And maybe he'd prefer to destroy me, now that I can't be controlled anymore." The stroller rolls over a branch and breaks it with a sharp crunch. "But you…"

Arianna stops her with her hand and takes her spot behind the carriage, raising the front wheels and making it roll back.

"What is it? Are you okay, Arianna? Are we already going home?"

"Maybe I've found a way to save you both."

Janna 8.0 – Knowing

Three fingers unite. The Múspellsmegir become oblique while the shutters swing on their hinges. Disir's hologram welcomes her as always.

"We're alone, Janna. I need you to be calm."

She holds the baby in her arms and uncovers her breast to nurse. Kaitlyn senses the maternal perfume and by instinct opens her mouth and begins to suck. Janna changed the composition of her breast milk: doctors would be shocked to see how many antibodies Kaitlyn is receiving thanks to the nanites.

Arianna's music resonates in the air, looming and elegant, a counterpoint fugue based on Pachelbel's *Canon* impossible to replicate or understand unless physically present, as Janna was at the summer cabin. Because there exists a time beyond which Janna can't go without remembering the music of her friend. That time doesn't coincide with her real life. That period is a graft uploaded a priori by LifeTech and is only worth as much as a false flashback.

Analyzing conditioning code as if it were a mnemonic album and then interpreting its veracity in relation to the emotions brought out by specific songs helped Janna solve the problem. Because memories give form to the code, they're like a score for the melody of a life, assuring continuity in one's identity. Both for iMates and human beings.

"I'll try, Disir. Restricted access. I want to review our last session."

Disir prepares the mountain of documents and films according to the order of the diagram that Janna created. David granted her the credentials to download data from LifeTech's database about the last two hundred iMates to discover the truth of their existence.

"The memory legibility index surpasses seventy on the Flesch scale."

"Wonderful. Trace the memory partitions connected to musical experience for each specimen. Analyze the reactions and if they don't produce any emotion – positive, negative, or unconscious – those memories have been implanted. Mark every positive value and create a report."

"I'm on it."

Kaitlyn has stopped feeding and falls asleep with her mouth open.

If the code had been created using psychological theories on the conditioning of human beings, an iMate can break them based on the fact that they're not only human.

Janna closes her eyes and concentrates on the music. A few months after Arianna was released from the hospital, they went out for the first time alone. It was wintertime and, like every year, the friends of the Agare family headed to the heat of a Mediterranean island. Eskin and Arianna couldn't leave their house for long periods of time without risk: Sweden's medical standards had transformed their own country into a seasonal prison every time the snow began to fall. For this reason, Arianna loved to skate. It was like flying, though just a few centimeters from the ground. That day she also dragged Janna along to twirl beside her. It was only for a couple of hours at most, but it was still the happiest moment since Janna woke from her coma. Janna had drawn sinuous trajectories on a half-cleared trail, dancing the notes of Rachmaninov's third concerto. Janna remembers every detail from that cold afternoon: the yellow of the rented skates, the determined expression of the girl that she helped up after falling, the wind pushing on the frozen particles. She couldn't help but smile.

When the song ends, Janna returns to the present and Disir shares her findings.

"I completed the verification. Mnemonic partitions of every scanned iMate contain from sixty to eighty null reactions, consequences of artificial memory blocks. The test is valid."

At midnight, Disir will connect to SVARM's server and they too will know that the protocol is violable. Conditioning can be infracted.

"Anyone can submit to the verification and discover their true nature. We could call it the Toeissen-Disir test. What do you say?"

Janna 9.0 – Dying

Kaitlyn is five months old. Eskin is worse than ever and even though the birth of his daughter improved his mood, his decline is irreversible. The first days in the cabin seemed to have given him a flicker of energy, but then he went downhill. Since the moment she convinced him to move to the middle of nowhere, far from doctors and hospitals, Janna has felt guilty. Initially, she thought he had agreed for her, to make her happy. But this morning, as soon as he revealed his desire to die here, Janna started to hate him again.

She looks out the window. He's in the middle of the garden, standing next to Kaitlyn in the stroller. Janna keeps them in sight. Eskin has decided to make a snowman to impress his daughter, but unfortunately Kaitlyn is still too young to appreciate the effort he's used trying to transform the snow into something recognizable. Janna observes a heap of snow, half-formed, with a baseball hat on and carrot thrust into its round face. After smiling at Arianna, she puts her hands in her hair.

"Your brother is a disaster. Are you ready?"

"Yes," Arianna says without turning away.

"Did you talk to him?"

"This morning he seemed lucid. Almost happy even. Life-Tech confirmed the property transfer we requested. Now the contract is in my name."

"Was it difficult?"

"It could've been worse. But in the end, they were convinced because I'm already her aunt. But I have a concern. Couldn't it be dangerous to do the switch now?"

"No, not if we stay in the same place."

"Then we'll stay at home until the last minute."

"We'll be so close that it'll be impossible to distinguish between our georeferential coordinates."

Arianna touches Janna's head, and Janna knows what's going through Arianna's mind.

"We'll do it after he..." Arianna's voice trembles while outside her brother resigns himself to watching the snowman sag and crumble. "...I wouldn't want him to be scared."

"It'll just be a tiny incision."

Arianna touches her head again. This time she seems to scratch it. "I thought the keylog wasn't removable."

"That's what they want us to believe. It would be tough to convince someone to implant in their child's brain a lifelogging, data registration, and mental augmentation program if it were easy to shut off, right?"

"And it is?" Arianna joins Janna next to the window. Both observe Eskin, still immobile in the exoskeleton he uses to walk. Once in a while, he clenches his fist without a valid reason.

"With the right tools...SVARM gave me Llinas connectors, transmitters mounted on a cable of nanoscopic dimensions. They'll interface the keylog and open an outgoing connection."

"Then we'll trade memories. Are you sure you want to know all the mistakes I've made in my life?"

"If I think about what lies ahead, your mistakes will be invaluable to me. When I'm you, your keylog will recognize me and won't reject me."

"We'll know everything about each other."

Janna looks away from the window and stares into Arianna's eyes.

"Your brain risks schizophrenia with so many identities operating at once, while mine could learn how to handle the situation."

Arianna would like to say something; play dumb for not having thought of it or being so worried that Janna would know every secret of her existence now that it's about to end.

"Okay. It'll be like continuing to live. But if they discover you?"

"Only a physical inspection of the keylog could give me any problems. Otherwise, I'll maintain your identity and use your payment methods. A friend of David at SVARM offered to make the change on the registry database: your fingerprints, DNA, blood type, corneal mapping, and everything else has been substituted with mine. In some ways, I'm already you."

"But something's still missing," Arianna whispers in Janna's ear. She takes Janna's hand and puts something in her open palm after removing it from her pants pocket.

"I need to learn to use it the right way," Janna says while she diffidently observes the eyeliner. At that moment, Kaitlyn yelps from outside.

"Wait here. I'll be right back."

Janna puts on her parka and hurries down to the garden.

Looking from the window, Arianna covers her mouth. Eskin isn't moving. Inert, inside his exoskeleton, his arms limp along his sides, and his head supported upward because of his neck brace.

Janna draws near her companion, she checks his breathing, then his pulse, and then presses a button at his pelvis on the exoskeleton display.

"Return to the cabin."

While she grabs the handles of the stroller with Kaitlyn inside, Eskin's exoskeleton follows the path as if sleepwalking.

Arianna first sees the body of her brother disappear inside the cabin, and then Janna, as they'd agreed, already on the phone with the mortuary operators to recover the corpse. When she returns inside, Janna sets the stroller in a corner after leaving a cookie in Kaitlyn's tiny hands. Kaitlyn nibbles at it greedily.

"Sit down, Arianna. Do you want tea?"

She nods and Janna turns on the kettle. When she opens her mouth again, Janna has the same low and calm tone that she uses with her daughter.

"They'll come before dark. We have time if we start now."

Arianna wipes her tears.

"Do you want to go for a walk first? Without your keylog data, you could feel disoriented. You might not be able to walk well. You could be confused at first."

"I've known these woods since I was a girl. I came here with my mom. She loved it too. But Eskin never really left the house. At most, he'd hide in the car and wait for hours listening to his music. To tell the truth, I've also always hoped to die here. But I'm sorry for the cabin. Mom cared a lot for it," Arianna says.

"I'll make them rebuild it," Janna replies.

"No, it's better this way. You guys should go away, far from Sweden."

Janna limits herself and pours hot water into the mug.

"When I denounce the iMate malfunction, you and Kaitlyn will already be gone."

"I'll take her in the car and then..."

Janna turns towards the electric panel on the wall, ready to send it into short circuit. "...the cabin will be a fireworks show visible from miles away."

Arianna coughs. She's swallowed every medicine to stay standing. "Are you sure the drones won't arrive first?"

"The closest fire station is thirty-five kilometers away. When they survey the area, this part of the house will already have burned down."

"And you'll be dead in the fire," Arianna says.

"Along with my keylog," Janna says.

"While Kaitlyn and her new nanny will be free."

"Your sickness will be part of my identity, and unless they discover a cure in the next five or six years, I'll have to disappear otherwise I'll be suspected of something," Janna says.

"You'll find a solution for that too. Five years isn't that short."

Janna looks down the hallway. Kaityln is playing with Alita. "It'll be enough," she says.

"I'll miss you. Both you and the little one."

"Are you really sure, Arianna? We could still postpone..."

"No, I've decided. What do we have to wait for? At this point, we have a good reason to make them believe that their iMate has malfunctioned: that it's gone crazy from the pain of losing Eskin. Later it would be harder. If you were to die elsewhere the trade wouldn't work, and my end would be a senseless waste."

"Kaitlyn would be put up for adoption."

"She'd lose her mother. I had a mother, and there's nothing that could make up for that loss."

They don't talk anymore but sip their tea. A cloud covers the sun, leaving them half-lit in the room.

"Then, let's get started."

Janna 10.0 - Surviving

In the end, they put the fire out. The interview with the police was shorter than she'd imagined because, luckily, Kaitlyn cried the whole time. The case was closed, called arson. The car taking Janna and Kaitlyn starts driving down the snowy hills. She cradles her daughter in the backseat, but she can't sleep.

"A strange girl asks three animals how the world began. The first is a rabbit. Its steps are so light that you can't hear them. It shakes its tail, raises its head, and straightens its ears. According to the rabbit, the world came from a huge earthquake that raised mountains and created the seas and rivers."

Kaitlyn bats her eyes, asking her to continue.

"The second animal is a dolphin that can't stay still for one second. Smooth and silvery, always swimming without stopping, it believes that the world began from a great flood with gigantic waves and water dirty with soil. When the waters retreated, mountains and plains appeared."

The girl gives a faint smile, closes her eyes, and seems to fall asleep.

"The last animal is a bat. To fly he uses not his eyes but his ears. And when he sleeps, with his head to the ground, he sees everything upside down. According to him, the world fell from the sky and then the air pressure birthed caves, rivers, and seas. That's why he likes to hang from above—to make sure that everything is in place and that nothing falls."

Her keylog notes an incoming message: [*Miss Arianna Agare, I'm Peter Drake from LifeTech's legal office, and I urgently need to speak with you.*]

Janna had been waiting for this moment.

Reflected in the screen of the seat in front of her, she pulls her hair back, in Arianna's way, and checks her makeup. The bags under her eyes are believable, and the color of her lips is the same as those of her friend.

[*I urge you to postpone it: as you know I've had a terrible day.*]

[*Miss Agare, allow me to share our condolences on behalf of the company. But we'd like to discuss the charge from the authorities: based on how it started, it appears that the fire wasn't an accident. We'd like to find a way to discuss this matter and find if it's possible to reach an understanding more congruent with reality. Can we talk tomorrow?*]

Janna secures Kaitlyn in the child seat next to her.

There's something ironic, almost paradoxical, in LifeTech's request. An extreme gesture, something akin to desperation, is unacceptable for an iMate, sold as a human being, birth aside. An iMate can't destroy furnishings or set fire to their cabin in the wake of the loss of her partner, who she let die according to his last wishes. This isn't the kind of image iMate shares in their ads or stores. This isn't the reaction allowed by code.

[*Peter, believe me... I don't want to lose any more time with LifeTech and your iMates. Send me a compensation proposal, and I'd be happy to put an end to this business.*]

[*Thank you. I was sure that you'd comprehend the situation. Attached, please find the terms of the transaction proposal. Again, our deepest condolences for the loss of your brother.*]

Janna interrupts the conversation as Arianna's image superimposes itself on hers in the reflected screen, one fading into the other.

"And the loss of a great friend, your aunt, an exceptional human being," she says, looking at her daughter while stroking the violin case. Then she takes a pair of headphones and puts one in her ear and the other in Kaitlyn's.

"And now, miss, may I introduce you to Arianna Agare. Your mother."

The notes of *Morning*, prelude to the fourth act of Edvard Grieg's Peer Gynt, caress their ears.

IMMORTAL: WHY NOT?
A PHILOSOPHICAL REFLECTION

by Maurizio Balistreri

translation by Michael Monkhouse

The iMates in Francesco Verso and Francesco Mantovani's story are intelligent, human-looking organisms produced to be used and exploited in any job: they are brought up respecting the highest ethical, moral parameters, but do not need to be programmed because they are sensitive to social, emulative conditioning. But their origin does not prevent human beings from considering them as something more than simple objects: Arianna knows she stands before a mere machine, but treats Janna like a sister and feels responsible for her. For the moment, however, only on television, at the cinema and in literature can a human being feel affection and at times even sincere love for a robot – though loving a robot is far from impossible, as we tend to anthropomorphise machines and form loving relationships with them. Were the robot aware or able to pass the Turing test and behave like an intelligent individual, we could wish to interact with it sharing the activities we enjoy, and over time forget that it is a machine. Yet even if it were not conscious, we could get close to it and perceive of it as a family member or important part of our life. This possibility exists today, but tomorrow it could become even more concrete as machines may be able to understand our mood, not least on the basis of information on our behaviour they receive. Furthermore, they will look seductive, with soft, realistic skin endowed with such advanced technology as to make them extremely sensitive and pleasing. And it will be very easy to believe that they are fond of us and like to be in our company, in that they will not only exchange our smiles but also look at us with love and humour our every – even most unspeakable – desire.

Some fear that the more we live with machines, the more we will lose our ability to interact with human beings, as the robot would always be on our side and share our passions, point of view and every conviction. However, even if we were beside machines that are increasingly intelligent, capable of loving us unconditionally and taking care of us, and always sexually available, this does not mean that we would lose interest in our like. On the contrary, we would have more time to dedicate to our friends and those dearest to us, in that we could entrust the more tiring, repetitive activities and jobs to machines. Further, robots could be our avatar and substitute us in any relationship, when we are ill or have other things to do or our friends' demands risk becoming too insistent and we will not, or cannot, continue to follow them. For example, when our friend asks us yet again to spend a day high in the mountains with him, we could send him our android: the avatar is not the solution for every problem, but it will sometimes be an important resource. And with a robot beside us, we would be less likely to assail our friends, as we could turn to it – and its infinite patience and understanding – after yet another argument with our partner or boss.

We can also imagine that such a robot could bore us over time: but in this case, we may make it autonomous and attribute to it a personality of its own. Besides, we could tomorrow have robots that are far more intelligent than human beings: there would be no point in using them only to promote and consolidate our narcissism. A robot could advise us on not only how to invest our savings or where to spend our next holiday, but also how to live according to our values. For example, it could tell us in real time if a food contains meat, its producer received fair pay or its production harms the environment; or explain to us the most predictable consequences of our actions on others. The advantages would also be greater if the robot could become a moral consultant and advise us what to choose or how to behave in any situation. But here, the robot's alleged moral competence may be a problem: how can we know that the it has become an authoritative judge? We might also hypothesise that, with the advance of science and technology, machines will become more able to elaborate greater information, but they could still be wrong and, for example, recommend a non-'optimal' choice or even advise us to adopt immoral or criminal behaviour. But should the robot's skill be produced by programming, it would be necessary to understand who has the right to select its moral principles. When we face what is right and wrong, we often have different opinions: so if some choices relating to programming a machine have to be publicly discussed, it could be difficult to find a point of agreement.

In a recent essay published in «Science and Engineering Ethics», John Danaher (2018) asks whether the survival of the human species has moral value and the creation of artificial offspring might make up for our extinction. Life also has meaning because we know that after our death other people will still be born and continue to inhabit the planet, deriving benefits from what we do and conserving memory of us (Scheffler 2013). The commitment we invest in the advancement of science and technology is also linked to the hope that future generations may live in a more peaceful world and enjoy life less marked by disease and suffering. If we discovered that humanity has no future because, for example, a meteorite is destined to hit the Earth or the Earth will become increasingly arid or at least inhospitable due to a rise in global warming, it is likely that part of our sense horizon would inevitably lose meaning. Our generation, and the next ones, may also not be at all interested in the tragedy to strike humanity in coming centuries, but our life – and that of our children and grandchildren – would not be the same again. Yet this is not the sole reason why worrying about the future is important: future generations count not only because they constitute our sense horizon, but also because we may put their wellbeing at risk. After all, it is true that future generations do not yet exist, and centuries and centuries have to pass before at least some of them come into the world: but one day they will exist, and then they will be called to pay for what we do today. However, it is one thing to be born in a world that does not ensure a good quality of life, for example because of pollution or scarcity of resources; it is another 'not to be born' because human beings have compromised the possibility of mankind's chance to continue or chosen not to have children any more. Future generations only suffer damage in the first case – in that they would have a far lower life quality than they could otherwise – while in the other case, we would simply not be letting them come into the world. Further, the need to have reference offspring could be amply compensated for, as Danaher himself suggests, by artificial offspring, i.e. mechanical entities, or, as in Verso and Mantovani's iMate tale, biological ones (sentient beings of flesh and blood) assembled by us. It is true that human beings possess unique abilities with respect to other beings, but machines or biobots may not only become more intelligent and sensitive than us, but also demonstrate a creative flair we can barely imagine now. Further, it would not be difficult for them to have a longer life than we do and even become immortal, as they may be more resistant to illness than humans and – as in the story by Verso and Mantovani –, organs or body parts that can be easily repaired or possibly replaced as they are printed in 3D.

In any reflection on robots, the fear ultimately emerging is that increasingly intelligent machines, constructed to serve and obey us like slaves, may escape human control and become a serious threat to humanity. This scenario is also evoked by i-Mate through the character Janna Toejssen: at the end of the story, the LifeTech android does not only fine-tune the programme letting the other biobots too free themselves from induced social conditioning and gain awareness that they are not human beings but intelligent machines; it also becomes a mother, thus opening up the road to immortality to the robots. However, we should not let our worries surpass our ability to think: we are often dazzled by technological progress, but we can also expect developments of our humanity. This is not science fiction: cyborgs are the latest version of our ability to hybridise with technology and integrate our biology with increasingly artificial parts: false limbs, devices and implants of all kinds that are destined for implantation or removable. We are but at the start of this bio-technological revolution: at least for the moment, only those who are born with serious malformations or suffer accidents may turn to replacing a body part with an artificial device. Yet tomorrow people enjoying health or no problems could choose to renounce a part of their body in favour of technological devices: the result may be increasingly broad hybridisation with technology.

Scientific and technological development in the coming years could for the first time put us in a condition to change human nature radically, allowing us to practise interventions able to transform our dispositions and 'natural' skills. It is not true that the ability to develop human nature is closely linked to the scientific and technological development we are currently experiencing, so we for the first time find ourselves before the prospective of 'developed' humanity. There is no need to prove that we constantly change our world. But our actions are not only able to redesign our environment; the changes we produce around us, in the world, through technology, also affect our nature, remodelling our very abilities. However, in the future human nature could become the subject of continual planning. For example, we may become able to develop our cognitive abilities in an unprecedented way and thus allow future generations a completely different life from ours, in a deeply changed reality recognised by science and technology that we cannot yet imagine. But our character could also be the subject of improvement programmes: with the help of scientific research and new technologies, human nature's more vicious dispositions could finally be eliminated. Genome modification interventions, recourse to implants and supplying pharmaceuticals could make people fairer and better, far faster and more efficiently than normal educational programmes. For example, with biotechnologies we could further increase our rational skills and in particular become able to improve our ability to concentrate; better control our libido, aggressive drives and mood; extend our memory or learn far faster and more easily. Further, through biotechnologies we could also become more empathetic and able to feel others' suffering, trusting, altruistic and cooperative. These abilities could be developed via biotechnology and are not moral per se, in that we could, for example, be empathetic and cooperative without being virtuous, but possessing these dispositions united with a traditional education programme could foster the moral training of future generations. Although morality presents aspects requesting that the subject develop skills and moral sense that cannot be produced artfully, through for example supplying pharmaceuticals or genetic modification programmes, development of this type has been often discussed over the last few years. Not only are those in favour of biotechnologies inviting optimistic looks to the future and imagining the development of interventions or pharmaceuticals to permit detailed programming of people's moral dispositions: those doubting the moral acceptability of development also recognise that scientific development could permit bringing into the world better people, unaware of vice, spontaneously behaving well. Finally, practising interventions designed for genome editing on the embryo level, we could not only prevent and cure significant disease, but also go further and slow down or invert the aging process. Lengthening life is a project man has always pursued, but now, for the first time in the history of mankind, this object seems feasible by turning to science rather than magical, miraculous powers. For Aubrey de Grey, the possibility of living for 1,000 years is now on the horizon (de Grey 2004).

But although the scenarios opening up more and more each day permit deep improvement of the quality of life for future generations so that their swift execution may well be expected, there is no doubt that we are before unprecedented changes that will raise significant moral, legal questions, as well as sociological, anthropological ones. We will turn our attention to lengthening the human life span. In the past, dying of old age was a rare, extraordinary, far from natural occurrence, while today, the situation is very different: the average life span for one born in the richer part of the planet is circa 78 years and rises by two years every decade. This means that each decade, the average estimated age of death goes back two years, or five hours a day, or twelve seconds a minute. If this tendency continues, as occurred over the last century, one born tomorrow may life for up to one hundred years. But in the coming decades, scientific and technological development may lengthen the average life span to ages that seem unthinkable today. In the developed countries, the vast majority of people dies through degenerative illness, like cancer and heart disease, caused by the aging process. Tomorrow, with the development of science and new technologies we might access treatments preventing or slowing down these processes: in this perspective, the result could be significant lengthening of the life span. Cures for aging have been yearned for since the dawn of time. But only today, with unprecedented scientific and technological development, does this aim seem truly possible, not one day in the distant future but close by. Of course, our current technologies are not yet able to fight aging and guarantee the hoped-for lengthening of life. Some maintain that at the moment, calorie restriction is the only intervention that could permit extending the average life span and slow down aging. Research conducted on a wide variety of organisms (for example, yeast, fruit fly, worms, rats and monkeys) has already demonstrated this. The hypothesis is that this treatment could also have the same effect on human beings: "If this strategy – writes Wareham – were similarly efficient in man, it could lead to robust life lengthening, bringing it to about 100 years and lengthening it to a maximum of over 122, reached by Jeanne Calment, the longest living recorded man. Of particular interest will be the caloric restriction mimetic, that is 'pharmaceuticals', i.e. molecules resulting from biotechnological research, able to cause effects leading to caloric restriction, without the need to reduce the actual quantity of calories assumed; this is one of the reasons they are called 'mimetic', simulators" (Wareham 2014, p. 251). And research on nanotechnologies, genetic engineering and stem cells could open up wholly new scenarios for medicine. For example, embryo stem cells could, appropriately reprogrammed, be used to stimulate tissue and organ regeneration, while we could stop the aging process through interventions designed to silence or correct certain embryo genes (Harris 2002, pp. 66-67). But some maintain that cloning suffices for reaching immortality. For decades now, cloning has been presented in both science fiction novels and philosophical reflection as the biotechnology to ensure human beings with the greatest possibility of an existence no longer marked by death. A solution could be to transfer people's mental contents into adult brainless organisms produced by cloning from one of their cells. In this way, the body dies but the person continues to live in another organism. For example, as imagined in the Netflix TV series, *Altered Carbon*, conscience could be conserved in cortical stack in the spinal column and then transferred or frozen for use following 'death' (Garasic 2019). The problem is that such a project seems unfeasible at the moment. As an alternative, when or even before we age, the brain (not the mind) could be transplanted into another body, previously cloned starting from a cell of ours. The result would not be unlike what could be reached by transferring mental contents, but might require less advanced technology. Periodically head transplant comes up, and even though the intervention seems impossible, there are doctors maintaining that they can perform it. The latest, in order of time, was neurosurgeon Sergio Canavero, but after several announcements, he seems to have ultimately given up on thee undertaking. After all, the project seems fully lacking in scientific justification, in that the very interventions practised on animals proved lethal (Caplan

2004). The other prospective solutions smack even more of science fiction. For example, one is to produce, on a person's death, his clone and reconstruct around him the very environment in which the persona was born and bred. In this way, the clone would be a perfect copy, as for not only genetics, but also the experience and character to be developed. This is what Michel Houellebecq imagines in his novel *The Possibility of an Island,* where the main character, Daniel, is able to conserve a connection and psychological continuity with his successive clones (Daniel2, Daniel3, Daniel3 etc.) by handing down previous biographies and memories from generation to generation. But even if the clones have the same genetic heritage and can know his life, they are not Daniel, but different individuals with their own identity. The other one is to create copies of ourselves, also by cloning, to be then used over our life or when we need it, as an organ deposit, so – when we age, and as a condition to reach immortality – we will not need to abandon our body, in that we can rejuvenate it, substituting the organs that deteriorate as we age with new organs. There is also the mind-uploading project, i.e. transposing brain structures from a natural, biological structure to an artificial silicone support by reproducing the mind neuron by neuron (circa 100 billion). The prospected scenario is that, after its reproduction on the artificial structure, the mind of an individual may continue functioning like the original, with the same self-awareness, but now be free to move in a virtual reality or structure created ad hoc, as it no longer needs an organic body (Perucchietti 2017). Over recent years, the theme of transferring the mind, or a copy thereof, from a brain to a biological sublayer, which was long confined to science fiction literature, has found increasing space in reflection (Agar 2012). Without wishing here to discuss and face the concrete feasibility of this project, the consequences for our life and even abilities would be evident, in that, free from any biological limitation, we could become far more intelligent. But it is legitimate to ask whether we could ever survive an intervention which would, like this one, modify the span of our desires and stop us from attributing any value to things we currently hold significant for our life. Indeed, even if the computer-loaded mind could carry out complex mathematical operations or beat the world chess record, it would be legitimate to ask whether we are dealing with the same person or a new one. In other words, the death risk would be very high and maybe constitute the most significant reason for giving up and abandoning one's body in favour of a computer. But it is also truer that the possibility of transferring the mind into a computer and maybe reimplanting it into a biological sub-layer would open up completely new possibilities, as it would permit not only leaving but also changing the body. At the moment we still are not able to perform such an operation, but one day, with scientific progress, it could become reality: in the meantime, waiting for this scenario to appear, we could freeze the brain or body. That is, sufficient financing, despite the comprehensible scepticism accompanying this project, aging would be cured or inverted. That means the gates of eternal youth could open for future generations.

The effort to develop technology to enhance human nature seems to respond to individuals' 'natural' and in any case legitimate need, as they aspire to reach a greater state of well-being, with limited capacities and undoubted fragility (Davis 2018). This is a point we must always bear in mind when we discuss interventions that might permit lengthening life span. Ultimately is there anything more evident that our desire not to die? Yet, for Hauskeller, the error made here is in deducing a desire to live forever from a desire not to die: this is the immortalist's fallacy. Adrian Moore explains it well (2006), stating that there is a logical gap between "our always wanting something to be so, or its always being appropriate for us to want something to be so, and our wanting, or its being appropriate for us to want, this same thing always to be so" (p. 313). The topic "demonstrates that it is not at all obvious (because implied by our appreciation of being alive) that indefinite life extension is desirable or at least commonly desired" (Hauskeller 2011, p. 388).

Naturally, as even Hauskeller admits, it is more than legitimate to ask the question of why we should not wish to live longer or forever. The easiest answer is that one imagines that the more live lengthens, the more illnesses and ailments increase: for example, we think of the destiny striking the Struldbrugs, among the main characters in Swift's novel, *Gulliver's Travels*, and before that, Titan, who was endowed with the gift of immortality, but not eternal youth. And this is why Francis Fukuyama maintains that there is a dark side to the search for immortality: it is true that death is delayed, but at the 'dear' price of living for far more inevitably illness, suffering-streaked years. Besides, according to Fukuyama, the longer we live, the more the periods in which we cannot enjoy a satisfying social life are bound to rise. Indeed, our life makes sense as long as we are inserted into a productive social context and contribute as active members to the prosperity of the community. At the moment in which we have surpassed age limits and lose this condition, regardless of the years we have left to live, life has no more meaning: "Some in Category I may choose to work, but the obligation to work and the kinds of mandatory social ties that work engenders will be replaced largely by a host of elective occupations. Those in Category II will not reproduce, not work, and indeed will see a flow of resources and obligation moving one way: toward them. This does not mean that people in either category will suddenly become irresponsible or footloose. It does mean, however, that they may find their lives both emptier and lonelier, since it is precisely those obligatory ties that make life worth living for many people. When retirement is seen as a brief period of leisure following a life of hard work and struggle, it may seem like a well-deserved reward; if it stretches on for twenty or thirty years with no apparent end, it may seem simply pointless. And it is hard to see how a prolonged period of dependency or debility for people in Category II will be experienced as joyful or fulfilling" (Fukuyama 2002, p. 71). In reality, as Hauskeller rightly states, stating this means misunderstanding the project of those dreaming of extended life or immortality: Aubrey de Grey, for example, intends to stop the aging process at 35 years "or, if one is already past this age, rejuvenate the body and bring it back to that stage, in which we are supposed to be at the height of our powers" (Hauskeller 2011, p. 388). That is, the aim is not simply to preserve life, but to conserve or reboot youth. If living forever means living such a life as Fukuyama imagines, of perennial senility, it would be normal to feel repugnance or worry over the 'fortune' awaiting us. Living longer would only mean lengthening our suffering. But de Grey has something else in mind: "an endless summer of literally perpetual youth" (de Grey, Rae 2007, p. 335)

Yet some philosophers maintain that endless existence would necessarily hinder the subject from appreciating his life. That is, death or a condition of mortality is the necessary condition to give our experience meaning and give both people and things the right value: "Immortality, or a state without death, would be meaningless, I shall suggest; so, in a sense, death gives the meaning to life" (Williams 1973, p. 82). A limitless life would deprive us of our current horizon of sense as we would no longer need to love or fight: "we would be something entirely different, that had lost something essential to being human" (Brown 2008, p. 205).

There are, then, things linked to our finiteness that give our life meaning for us, as individuals with abilities and dispositions presenting limits and imperfections: "I suggest that living with our finitude is the condition of many of the best things in human life: engagement, seriousness, a taste for beauty, the possibility of virtue, the ties born of procreation, the quest for meaning" (Kass 2003, p. 25).

So we lose something important if we improve our dispositions – from taste for commitment, to the natural inclination to appreciate the beauty of things, from the ability to be virtuous to that of grasping the meaning of things and life – and we earn but a worrying tendency to homogenisation and mediocrity, in that we would lose the sense of life and no longer wish to stand out: "Homogenization, mediocrity, pacification, drug-induced contentment, debasement of taste, souls without loves and longings—these are the inevitable results of making the essence of human nature the last project for technical mastery. In his moment of triumph, Promethean man will become also a contented cow" (Kass 2002, p. 48).

In other terms, an endless life would be a boring experience, infinite tedium, for the subject as it would forever cancel the search for meaning in life. It is no accident that in an essay on the theme of immortality, Bernard Williams remembers the drama by Karel Čapek in which the main character, Elina Makropulos, aged over three hundred, has nothing left to prove: around her there is nothing to arouse her curiosity or warm her heart; everything seems cold (Marrone 2018, pp. 76-77). Elina has loved for a long time: nothing is left for her to discover: "Her trouble was it seems, boredom: a boredom connected with the fact that everything that could happen and make sense to one particular human being of 42 had already happened to her" (Williams 1973, p. 90). Elina Makropulos, also known by the name of Emilia Marty, alias Ellian Macgregor, but also a number of other people, was not born mortal: she becomes immortal through a long-life elixir discovered by her alchemist father friend. As she is no longer mortal, everything for her becomes "joyless: 'in the end it is the same', she says, 'singing and silence'. She refuses to take the elixir again; she dies; and the formula is deliberately destroyed by a young woman among the protests of some older men" (Williams 1973, p. 82).

Makropolus' life, according to Williams, teaches us something deep about life: that is, death is something that has value not only in a condition of suffering, but in general, because without death, life would have less sense.

For John Harris, Williams' problem is a lack of sufficient imagination (Harris 2002, p. 86). That is, he cannot think that we could with a far longer life have a much wider number of experiences and opportunities. Hauskeller's objection is that youth is primarily a mental condition: one day we may even stop the bodily aging process and even become able to put back the 'clocks of time' (and also regain the physical condition we had when we were far younger). The problem that Harris misses is that we would still be old mentally: that is, Hauskeller writes, one cannot be innocent forever: "cannot live in the world, take it in and engage with it, and yet remain untouched by it, unchanged, unharmed, unless, perhaps, one is severely mentally disabled" (Hauskeller 2011, p. 390). Living eternally young is an oxymoron. The past slips away and when it has done do, it is irreversibly lost: one cannot, Hauskeller adds, be young for good because time passes, it slips by, and experiences accumulate. If, consequently, one promoting the project of immortality is thinking of eternal youth in both body and mind, this may present a problem. That is, for Hauskeller, Harris accuses Williams of lacking imagination but one may reply that a longer life could also open up new scenarios, but the experiences and feelings we have would always be the same. In other words, it is "entirely conceivable that we might get tired of all of this, of hating, and loving, and caring for anything at all. Even the thirst for knowledge is not insatiable" (Hauskeller 2011, p. 393). Further, a longer life could not only drain existence of meaning, but also, according to Hauskeller, deny value to the good things we have been through. After all, the more the experience of love is repeated, the less precious the first time you loved becomes: if you get tired of seeing nice things and can no longer see beauty, maybe you have never been in the face of true beauty. "Do we really want to look back at our lives one day, telling ourselves that nothing really mattered and nothing was really worth it?" (Hauskeller 2011, p. 398).

It is true that context can change, as can the actors we interact with, but we would still be the same, so after a certain number of experiences there would no longer be anything new or original to discover. As we would always stay the same, we would no longer be able even to imagine the possibility of living something different from a repetition of past experiences. After a while, one stops looking at the world with curiosity, in that one has the impression that one has already seen all there is to see (Kass 2004, p. 318): "It is possible that there is a threshold for each one of us, which may well differ from individual to individual, beyond which we fall victim to Kass's small-souledness, when little surprises us anymore and nothing shocks us" (Hauskeller 2011, p. 396). The further problem is that one could get the point where we have had enough of both the world and ourselves

(Williams 1973, p, 100). Besides, a single person could not live two or more 'entire' lives, in that not only is it necessary to find a persona able to stand out in different fields: nor can you spend an entire life in one activity and then plan to move on, thinking you can control your motivation. While you make your plans, your interest in a new life could fade. And the life we have is closely linked to certain values and a particular lifestyle: we cannot pursue it and then choose to take it back like clothing. It is, then, ingenuous to think that we can always start to live a new existence: "We cannot start from scratch, unless, that is, we are willing to completely cancel out the accumulated past" (Hauskeller 2011, p. 401). Peter Pan can live eternal youth, but only because he has a short memory.

Yet, as Baccarini writes, it is an error to think that our creativity is limited: at times we do not change our life only because we think we have no time (Baccarini, p. 84). Williams states that categorical desires – that is, those that give us reason to continue living because they look to the future – are destined to fade gradually into a life that can continue infinitely. However, "even in the immortal life new situations could emerge in which people who seem to have already exhausted all their categorical desires form new ones without changing any essential feature of their personality" (Bortolotto, Nagasawa 2009, p. 267; Wisnewski 2005, pp. 27-36). And there are categorical desires that we can hardly consume over time, because they require research or exploration activity which cannot have an end or can only be consumed over quite a long time (Levy 2005). That is, given the nature of some categorical desires (the ones Levy calls 'open activities') and the fact that one can have experiences similar but not identical to experiences previously appreciated, an immortal life may, contrary to Williams' thinking, still be an interesting one (Bertolotti, Nagasawa 2009, p. 267). Further it is difficult to reach a point in which one is tired of adding further chapters to one's biography, in that the experiences I have are still destined to change my character. Elina Makropolus' life becomes unbearable because it always seems to be the same: but, "how – as Williams asks too – can it remain fixed, through an endless series of very various experiences? The experiences must surely happen to her without really affecting her; she must be, as EM is, detached and withdrawn (Williams 1973, p. 90)". Yet a person's interests change over time because his character changes too: so it is not true that the more years pass, the more life becomes repetition; on the contrary, experiences and emotions change because interests change. One discovers things in life and the world that one previously ignored in full, and this increasing skill can change one's sensitivity. After all, we are not talking of the immortality of living with an iron lung, but the possibility of living life in total physical, psychological satisfaction. Further, as years pass, a person with a long or infinite life could acquire the right experience permitting living "so deep as to unite the flavour of youth with the experience of maturity" (Marrone 2018, p.77). An excess of memory may be incompatible with happiness, but selective memory still allows one to live certain experiences like the first time. Makropolus takes distance from life not because an indefinitely long life would lose any meaning, but because, unlike her, people die: so Elina no longer wants to suffer and see them leave while she continues to live. It is true that she does not care "for the well-being of her children (she cannot even remember how many she had) and she looks indifferent to the many declarations of love that she receives, treating her suitors with contempt. Other characters in the play accuse her of being unable to love and 'cold as a corpse'" (Bortolotti, Nagasawa

2009, p. 263). But this coldness to others and the world also depends on the fact that she cannot share her secret with anyone: things would be very different if those around her were also immortal.

We can of course still ask why a person should wish to develop another character or free himself from his own character. True freedom, claims Williams, does not lie in making oneself independent from one's character, but in the ability to develop it in a direction coherent with oneself. One may, though, respond to this criticism: our personality looks on and we can in our lives develop an infinite range of aspirations and objectives whose realisation is not permitted by current life spans (Baccarini, 2008, p. 85). But, for Williams, the problem here is an immortal person's difficulty in being able to sympathise with the series of future people who do not correspond faithfully and making them subject to his present interests and hopes. So through developing an indefinite number of future existences, each with its particular character and lifestyle, the subject could avoid that form of distance from life that characterises Eline Makropolus' existence. Yet it would be hard to describe this scenario as a form of survival, in that his 'future Is" would seem to be different people to him. "The problem – Williams writes – remains of whether this series of psychologically disjoint lives could be an object of hope to one who did not want to die" (Williams 1973, p. 92). So given that he would still be facing a person with the same, identical body, he could easily worry about his suffering: but why should he take his ambitions or projects to heart? In other words, according to Williams, it may also be admitted that a very long life does not, because of changes in character, preclude the possibility of new experiences: the point is that changes in character also change the personal identity (or at least affect the way in which I perceive my identity in time). Epicurus can help here because he could say that when we are there, our 'future Is' are not yet there, while when there are the 'future Is', we are no longer there. So even if we hypohesise that eternal life would not necessarily be boring, we have no objective reason to wish to live longer or forever. So an immortal being, concludes Williams, can only avoid boredom in one way: extending his life into an into an indefinite number of disjointed lives "but this would not count as the genuine survival of the same person" (Bortolotti, Nagasawa 2009, p. 265).

Williams is right: identifying with one's future Is could be difficult if we hypothesise that their lives are completely disjointed from our 'present Is': for example, a type of character we have not in the least programmed, who would concern subjects living hundreds or thousands of years after us. However, this does not mean that it is always impossible to identify and sympathise 'future Is' displaying a very different character from our 'present I'. Ultimately, some people dedicate an – even important – part of their life, placing themselves the objective of modifying their less appreciable dispositions and habits, within a training path aiming to correct their character. In these cases, the fact that the future I appears or is imagined as a different person does not hinder people from feeling interest towards them. Indeed, if it were difficult or impossible to imagine it as different from the present I – because, for example, the character has reached overly deep levels of corruption and lacks any motivation or desire to develop another personality – their attitude to life may be more detached. This argument does not yet prove that immortality would be desirable for anyone, but at least a certain number of people may desire it, regardless of the presence of psychological continuity with one's 'future I' (Temkin 2008, p. 198). Further, even if we fail to identify with our 'future Is' in some cases – because they are too distant in time and it is not easy to imagine their character – we could still wish to continue living, because, for example, we feel affection towards them and want them to be happy. We may not perceive of them as a part or clear evolution of our identity, but they derive from our experiences and bear witness to our biographies (and through videos, photographs and Facebook they might remember 'us'): this may suffice to feel some responsibility towards them. The point becomes clearer if we think of those we are close to: "I can have powerful personal interest in the survival of my children and grandchildren although their identities are different from mine. I know these are successive and different selves but I have an interest in their existence, and in their well-being throughout that existence. No argument has or could show the irrationality of wishing to be Methuselah even if Methuselah is a succession of selves and not a single personal identity" (Harris 2002, p. 84).

But even if we admit that an infinite lifespan is desirable, making people immortal could still be considered wrong, because the more average life lengthens, the less able to face evolution we become (Gyngell 2015, p. 2). The problem is the slowing of the generational exchange, because there would no longer be space for new human beings or their birth would only be permitted to substitute those who in the meantime die or are killed. (Harris 2007). The population is able to adapt to change because through reproduction (be it sexual or assisted), each new generation recombines the genetic information existent into new combinations (Gyngell 2015, p. 2). Stopping genetic recombination would give a considerable advantage to parasites, who would over time be able to find variants capable of striking us (Agar 2010, p. 124). But, for Gyngell, there is a possible solution, in that biological evolution could be promoted through genetic editing (Gyngell 2015, p. 6). Interventions to modify the genetic heritage should of course be practised not on the germ line (i.e. on gametes or embryos), but on the somatic line, in that they would change the genome of individuals already existing. At the moment it is not simple to modify the DNA of all the cells of an individual: but human beings could be supplied with greater reesistance to viruses also by modifying a small percentage of cells or introducing gradual changes. A problem remains though: will people able to live for hundreds and hundreds of yeas – or forever – still be capable of changing their ideas over time? This matter is of prime importance, because, unlike children, people of advanced years are less willing to criticise and question their beliefs on the world and life in favour of new conceptions. If we add to this that, in a world without the generational exchange, the chances of cultural changes occurring due to errors in handing down culture are probably minimal, there is concrete risk that lengthening life may in the long term bring about cultural stagnation. The consequences foe people could be important, because cultural stagnation increases a species' risk of extinction, in that people would be less able to imagine original solutions to problems arising. Further, individual well-being would also be at risk, in that fewer new ideas would circulate, so it would be harder to breathe fresh air. Finally, scientific, moral progress could also slow down (or even halt) because new ideas, as the German physicist Max Planck said, are not affirmed because one manages to convince his opponents, but because his opponents die (Gyngell 2015, p. 10). So were we to stop aging and death, our population would be entirely made up of individuals with rooted beliefs that it would be difficult to reconsider or change (Gyngell 2015, p. 14).

It is, though, hard to foresee the consequences socially. With a far longer life, people could wish to experience new situations and even try periodical changes in their habits. Further, the possibility of taking on new professional or growth paths may let people evaluate their ideas more objectively. People of this type may be more capable than we are of considering things from different perspectives and being more used to changing and putting themselves in play. And it is even more difficult to try to foresee relations between the generations. Some maintain that lengthening the average lifespan will open up the door to a society deeply divided into "classes", where the more elderly, in view of the skills and professional roles they have acquired, will not give the younger ones any chance to enjoy the same opportunities. The fear is that it could be harder for the younger ones to assert themselves in professions and e society, in that the more elderly – having had time and chances to assert themselves – may no longer wish to place themselves aside. So far, the brief lifespan and the difficulty in maintaining the same abilities over time, as old age sets in, have not let not a generation wield overly strong power over successive ones (Fukuyama 2002, p. 63). The situation changes radically the moment people can work without problems at the age of one hundred or, with biotechnological development, even beyond. In this case, the young will have fewer and fewer chances of taking old peoples' places: "In societies that are more democratic and/or meritocratic, there are institutional mechanisms for removing leaders, bosses, or CEOs who are past their prime. But the problem does not go away by any stretch of the imagination. The root problem lies, of course, in the fact that people at the top of social hierarchies generally do not want to lose status or power and will often use their considerable influence to protect their positions. Age-related declines in capabilities have to be fairly pronounced before other people will go to the trouble of removing a leader, boss, ballplayer, professor, or board member" (Fukuyama 2002, p. 65).

But others are convinced that the development of enhancement technology, in particular the increasingly frequent turning to 'genetic enhancement' techniques will ensure for the younger generations an advantage over the older ones, who will be condemned to having ever more obsolete skills (Sparrow 2019). In their opinion, the new generations may rely on far more advanced technology, and, consequently, improvements that previous generations were precluded from. "If the genetic enhancements available to parents to choose for their children improve every year – writes Sparrow – then the enhancements provided to children in any given year will quickly become obsolete. The children who are conceived in 2035, for instance, will be born with significantly better enhancements then the children conceived in 2030. And children conceived in 2040 will have better enhancements still. Each generation's enhancements will be rendered obsolete by the next one's" (Sparrow 2019, p. 8).

Further, it is legitimate to ask whether – in a world where people are immortal or quasi – the 'generational exchange' will still be possible or at least acceptable. If immortal people continue to put children in the world, demographic growth could soon become unbearable and result in an impoverishment of the plant's resources and a dramatic environmental crisis. Asking the more elderly to make sacrifices for others would be a form of discrimination, in that they would be penalised only for the years they have lived: besides, it would not be simple to calculate how many years a person has rights to. A fairer solution may be to not allow others to be born, or only allow their birth when the population is diminishing (Cutas, Harris, 2007). Alternatively, one could tax people wishing to have children or only let them have a second child if the first is doomed (Harris 2002, p. 75). Besides, if we hypothesise that we can extend the lifespan, why should the right to reproduce prevail over that to live longer (Baccarini, p. 89)?

Interest in living is generally far stronger than that in reproducing: further, losing a person is tragic and not at all comparable with an inability to enjoy the experience of parenthood (Cutas, Harris 2007, p. 799). Also, future generations cannot be damaged by not being born, in that before coming into the world they do not exist and we cannot deprive them of anything. "Even if we accept the fact that life extension creates a wide array of difficulties (more overpopulation, heavier taxes, more burdens for their families and health care systems, higher unemployment, etc. the likeliness of all of which being yet to be established), it does not follow that the old have any kind of obligation to accept their deaths without a fight" (Cutas, Harris, 2007, p. 798; Overal 2003). According to Cutas and Harris, we can even go further than this conclusion: if it is true that people have a right to life, then we should not hinder them, and we should if possible guarantee to them, the access to treatment allowing them to have a longer life and, if possible, even immortality.

Besides, one wanting to enjoy the experience of parenthood, the pleasure of raising a child and seeing it grow can always buy a robot child. A robot child may never succeed in replacing a 'real' child, but future generations may still build important relations with it, in that human beings are able to sympathise with machines too. Even now, people daily interacting with robots (for example, in the field of care, where they are used to entertain and assist) undergo the same infatuation as children feel with their toys. They well know that the robots they are interacting with are not living beings – because, for example, they want to know how they are produced and how they work – yet they treat them as if they were more than simple machines. They not only give them a name: they also talk to them and consider what they believe they think, wish and feel (Coeckelberg 2010, p. 4). Tomorrow, feeling affection for a robot could even become more 'normal'. This may seem unreasonable, but creating a – sufficiently intelligent – artificial descendance could make our lives even richer, in that robots will enjoy superior cognitive abilities and not be fragile (Danaher 2018).

It is though true that, even if we admit that the fundamental right to life implies to right to a longer life and, were it possible, even immortality, there may not be the resources to guarantee this condition for all. In this case, only the more fortunate would have a longer life, while the others would have to settle for living less – how much less? The difference could be just one year, hundreds of years but even eras – in that they could not afford to pay for 'life extension therapies'. Further, even if life extension were accessible to all citizens in the richer countries, the gap between rich and poor countries may become greater than it currently is, in that one born in the poor ones would be condemned to a shorter life. This could lead to a striking rise in exoduses – in that masses of people would rightly seek to guarantee themselves and their children a better life – a fresh outbreak of racism phenomena and greater social conflicts. However, the solution to these problems cannot be to suspend or halt any research aiming to develop 'life extension therapies' or, once they have been found, to prohibit their usage in daily clinical practice. Most of all, these measures will hardly be in the least effective – it will not be the prohibition that discourages people wishing to live longer or attain immortality from seeking life-lengthening treatment. Furthermore, in most cases, lengthening life will be an indirect consequence of treatment aiming to care for or prevent important pathologies: so there is just one way to avoid stop people from living longer: to forbid or at least greatly limit access to therapeutic treatment. In other words, we should renounce medicine, but that would be absurd, as well as wrong: anyone's life would decline dramatically, not only in terms of average span, but also in the quality of life. And it is easy to imagine the consequences for the economy and other areas of life, in that there would be less faith in tomorrow and probably less willingness to face unsafe situations or get into risky activities. We do not mean by this that we should resign ourselves to the risk that only a small number of people can have a longer life or aspire to immortality. It is true that it would be unfair to deprive some people from the possibility of living longer only because not all can be made immortal (Cutas, Harris 2007, p. 71). Yet life extension therapies must be accessible to all, in that each person contributes to the wellbeing of society and its scientific, technological progress, on the basis of his abilities, directly or indirectly. Tomorrow the right to life extension therapies must be included in the right to health – which encompasses a plurality of rights, such as, for example, the rights to psycho-physical integrity, to a salubrious environment, to health performance and, if economic resources are lacking, to free care.

We reject, then, the idea that mortality is the condition that gives our lives meaning: our life would be far better if it were possible to undertake a profession; everyone can choose the one most conducive to his personality, have the time to improve himself, reach excellence in his field and then change direction, suddenly turn to seeking new paths. For example, one may start from philosophy, which certainly is an interesting discipline, but then, after certain number of centuries, the time may come to pass to music, to then return to studying knowledge, after dedicating oneself to medicine, mathematics, astrology, engineering and architecture. Immortality or significantly lengthening life would let us model our personality in the direction we consider best, cultivating the more appreciable dispositions and correcting the less appreciable ones. We would have the time to learn from our mistakes, change our behaviour, build far more satisfying, rewarding relationships with others: we could learn to deal with our feelings, manage our fears, quench our anger, trust others and let ourselves in for love. Being mortal does not constitute the condition, but an obstacle for our humanity: it is the fact that we are destined to die, have our days numbered and a life that seems to consume itself in a moment that impedes our appreciation of its beauty and uniqueness.

Agar N., *On the irrationality of mind-uploading: a reply to Neil Levy*, in "AI and Society", 27, 4, 2012, pp. 431-436.

Agar N., *Humanity's end. Why we should reject radical enhancement*, The Mit Press, Cambridge (Massachusetts) 2010.

Baccarini E., *Public reason and extension of lifespan*, in "Synthesis Philosophica", 45, 1, 2008, pp. 73-92.

Bortolotti L., Nagasawa Y., *Immortality without boredom*, in "Ratio", 22, 3, 2009, pp. 261-277.

Brown G., The living end. The future of death, aging and immortality, Macmillan, New York 2008; trad. it., *Una vita senza fine? Invecchiamento, morte, immortalità*, Raffaello Cortina, Milano 2009.

Callahan D., *La medicina impossibile. Le utopie e gli errori della medicina moderna*, Baldini & Castoldi, Milano 2000.

Callahan D., *Setting limits. Medical goals in an aging society*, Georgetown University Press, Washington D.C. 1987.

Caplan A. L., *An unnatural process: why it is not inherently wrong to seek a cure for aging*, in Post S. G., Binstock R. H., *The Fountain of youth. Cultural, scientific, and ethical perspectives on a biomedical goal*, Oxford University Press, Oxford 2004, pp. 271-285.

Coeckelbergh M., *Artificial companions: empathy and vulnerability mirroring in human-robot relations*, in "Studies in Ethics, Law and Technology", 4, 3, 2010, pp. 1-7.

Cutas D., Harris J., *The ethics of ageing, immortality and genetics*, in Ashcroft R.E., Dawson A., Draper H., McMillan J.R., *Principles of health care ethics*, John Wiley & Son, Hoboken (New Jersey) 2007, pp. 797-801.

Danaher J., *Why We should create artificial offspring: meaning and the collective afterlife*, in "Science and Engineering Ethics", 24, 4, 2018, pp. 1097-1118.

Davis J. K., *New Methuselahs: the ethics of life extension*, MIT Press, Cambridge, (Massachusetts) 2018.

Davis J. K., *Four ways life extension will change our relationship with death*, in "Bioethics", 30, 3, 2016, pp. 165–172.

De Grey A., Rae M., *Ending aging. The rejuvenation breakthroughts that could reverse human aging in our lifetime*, St. Martin's Griffin, New York 2007.

De Grey A., *Life extension, human rights, and the rational refinement of repugnance*, in "Journal of Medical Ethics, 31, 11, 2005, pp. 659-663.

De Grey A., *We will be able to live to 1000*, in "BBC News", 3 dicembre 2004.

Fukuyama F., *Our posthuman future. Consequences of the biotechnology revolution*, Farrar, Straus and Giroux, New York 2002; trad. it., *L'uomo oltre l'uomo. Le conseguenze della rivoluzione biotecnologica*, Mondadori Milano 2002.

Garasic M., *Altered mortality: why the quest for immortality is regaining visibility in the media*, in "Nanoethics", 2019, 13, 4, pp. 255-259.

Glannon W., *Identity, Prudential Concern, and Extended Lives*, in "Bioethics" 16, 3, 2002, pp. 266-297.

Gyngell C., *The Ethics of Human Life Extension: The Second Argument from Evolution*, in "Journal of Medicine and Philosophy", 40, 6, 2015, pp. 696-713.

Harris J., *Intimations of immortality: the ethics and justice of life-extending therapies*, in Freeman MDA (a cura di), Current legal problems, Oxford University Press 2002, vo. 55, pp. 65-95.

Hauskeller M., *Forever Young? Life extension and the ageing mind*, in "Ethical Perspectives", 18, 3, 2011, pp. 385-405.

Kass L., *Life, liberty and the defense of dignity. The challenge for bioethics*, Encounter Books, San Francisco 2002; trad. it., *La sfida della bioetica. La vita, la libertà e la difesa della dignità umana*, Lindau, Torino 2007.

Kass L., *L'Chaim and its limits: why not immortality*, Post S. G., Binstock R. H., *The Fountain of youth. Cultural, scientific, and ethical perspectives on a biomedical goal*, Oxford University Press, Oxford 2004, 304-320.

Kass L., *Ageless bodies, happy souls: biotechnology and the pursuit of perfection*, in "The New Atlantis", 1, 2003, pp. 9-28.

Knell S., Weber M. (a cura di), *Länger leben?*, Suhrkamp, Frnkfurt am Main 2009.

Kurzweil R., *La Singolarità è vicina*, Apogeo, Milano 2008.

Levy N., *Downshifting and Meaning of Life*, in "Ratio", 18, 2005, pp. 176–189.

Marrone P., *Pop-Sohia. 12 Ingressi (senza omaggi) alla filosofia*, Mimesis, Milano 2018.

Moore A. W., *Williams, Nietzsche, and the meaninglessness of immortality*, in "Mind", 115/458, 2006, pp. 311-330.

Overal C., *Aging, Death, and Human Longevity. A philosophical Inquiry*, University of California Press, Berkeley and Los Angeles (California) 2003.

Perucchietti E., *Il mito dell'immortalità*, Quaderni del bardo 2017.

Sandel M., *Contro la perfezione. L'etica nell'età dell'ingegneria genetica*, Vita & Pensiero, Milano 2008.

Sparrow R., *Yesterday's child: how gene editing for enhancement will produce obsolescence—and why it matters*, in "The American Journal of Bioethics", 19,7, 2019, pp. 6-15.

Temkin L. S., *Is living longer living better?*, in "Journal of Applied Philosophy", 25, 3, 2008, pp. 193-210.

Wareham C., *Prolungare la durata della vita umana: aspetti etici in salute pubblica*, in G. Boniolo (a cura di), *Etica alle frontiere della biomedicina. Per una cittadinanza consapevole*, Mondadori, Milano 2014, pp. 251-262.

Williams B., *The Makropoulos case: reflections on the tedium of immortality*, in *Problems of the self*, Cambridge: Cambridge University Press 1973, pp. 82-100.

Williams B., *Il caso Macropulos: riflessioni sul tedio dell'immortalità*, in *Problemi dell'io*, Il Saggiatore, Milano 1990, pp. 101-124.

Wisnewski J., *Is the immortal life worth living?*, in "International Journal for Philosophy of Religion" 58, 2005, pp. 27–36.

The Authors

Francesco Verso (Bologna, 1973). His novels include: *Antidoti umani, e-Doll* (Urania Award 2009), *Livido* (Odyssey Award and Italy Award 2014), *Bloodbusters* (Urania Award 2015) and *I camminatori*, a collection featuring *The Pulldogs* and *No/Mad/Land*. His stories have appeared in European, American and Chinese magazines. He lives in Rome with his wife Elena and daughter Sofia.

Francesco Mantovani (Rome, 1971). Mantovani's stories appear in various anthologies, *Una su tredici milioni e passa* in *SpaceWave* (Fanucci), *Libera Nos a Vita* in *N.A.S.F.2* (Nuovi Autori) and *Carcasse dello Spazio Profondo* in *N.A.S.F.7* (New Authors). He has also written a collection of children's stories: *I racconti della scimmia saggia*. Co-founder of Future Fiction, he is Chief Augmentation Officer of the book series. He reads and writes strictly in his spare time at night.

Maurizio Balistreri, Ph.D., is Assistant Professor of Moral Philosophy in the University of Turin's College of Philosophy and Educational Sciences. His major research interests are roboethics and bioethics. He has written several books, including *Il futuro della riproduzione umana* (2016), *Superumani: Etica ed enhancement* (2011, 2020), and *Sex Robot: L'amore al tempo delle macchine* (Fandango 2018) and he is co- author of *Biotecnologie: Modificazioni genetiche* (Mulino 2020).

Indice / Table of Contents

Impaginazione / Book formatting: Alda Teodorani
Illustrazione di copertina / Cover art: Michela Lazzaroni
Stampato da / Printed by: BD Print Srl, Rome, Italy

www.ingramcontent.com/pod-product-compliance
Lightning Source LLC
La Vergne TN
LVHW031431170726
843492LV00010B/2958